心语与谁

——陈平军散文诗评鉴

陈平军 编

陕西新华出版
太白文艺出版社·西安

图书在版编目（CIP）数据

心语与谁：陈平军散文诗评鉴 / 陈平军编 . -- 西安：太白文艺出版社，2023.5
　ISBN 978-7-5513-2378-9

Ⅰ . ①心… Ⅱ . ①陈… Ⅲ . ①散文诗—诗歌评论—中国—当代—文集 Ⅳ . ①I207.22-53

中国国家版本馆CIP数据核字（2023）第071110号

心语与谁
XINYU YU SHUI

作　　者	陈平军
责任编辑	党晓绒
封面设计	阮　强
版式设计	马　娟
出版发行	太白文艺出版社
经　　销	新华书店
印　　刷	安康市汉滨区文化印务公司
开　　本	787mm×1092mm　1/16
字　　数	168千字
印　　张	11.875
版　　次	2023年5月第1版
印　　次	2023年5月第1次印刷
书　　号	ISBN 978-7-5513-2378-9
定　　价	58.00元

版权所有　翻印必究
如有印装质量问题，可寄出版社印制部调换
联系电话：029-81206800
出版社地址：西安市曲江新区登高路1388号（邮编：710061）
营销中心电话：029-87277748　029-87217872

目录 Contents

边走边唱

边走边唱的日子
　　——记青年作者陈平军 ………… 吴少华　刘全军（003）
《边走边唱》的滋味………………………………… 王义清（006）

好好爱我

借序说话
　　——序陈平军的《好好爱我》 …………… 方晓蕾（011）
把爱写在纸上 ……………………………………… 刘全军（014）
真情编织的梦 ……………………………………… 方晓蕾（017）
寻找与遇见
　　——谈陈平军散文诗及其他 …………… 十　月（019）
爱，则情满山川诗满怀
　　——读陈平军的散文诗 ………………… 胡　坪（024）

心语风影

大山的馈赠及其诗意的传承
　　——序陈平军散文诗集《心语风影》 …… 蒋登科（031）

别样的视角和表述
　　——评陈平军《心语风影》 …………秦兆基（040）
心语与谁：风之外影之内
　　——陈平军散文诗集《心语风影》艺术浅论
　　………………………………………范恪劼（043）
从故园漫涌而出的情感颤音和诗性烛光
　　——陈平军散文诗集《心语风影》品读探骊
　　………………………………………潘志远（050）
像醇厚的紫阳茶一样真实地存在
　　——读陈平军散文诗集《心语风影》……李俊功（057）
一颗晶莹的诗心
　　——读陈平军《心语风影》……………郭军平（063）
把生活酿造成诗
　　——读陈平军《心语风影》……………郭军平（066）
心语流淌在你我的心田 ………………钟长江（069）
让稠酽的情愫在纸上飞扬
　　——陈平军散文诗集《心语风影》赏析
　　………………………………………陕南瘦竹（073）
人生无法再少年，只愿归来着青衫
　　——陈平军《心语风影》读后 …………张朝琴（076）
流淌在诗情画意里的乡愁
　　——陈平军散文诗集《心语风影》印象
　　………………………………………方万华（078）
文坛新秀　志苑奇葩
　　——陈平军现象琐谈 ……………………方　琛（080）

紫 阳 书

探索·求变·超越
　　——序陈平军《紫阳书》…………………秦兆基（085）
自我的另一个世界，或重返精神家园
　　——论陈平军散文诗……………………敬　笃（092）
深植存在现场的成功探索和诗化演绎
　　——陈平军散文诗集《紫阳书》赏读……潘志远（101）
回溯与想象的紫阳之恋
　　——读陈平军散文诗集《紫阳书》………司　念（106）
用家园的名义建构文学地理
　　——陈平军《紫阳书》评…………………唐友彬（112）
写实的转变与散文诗的可能性
　　——由陈平军散文诗集《紫阳书》想到的……方文竹（117）
陈平军：行走中，前方"柳暗花明"……………叶松铖（120）
在第一现场冷峻的观察和思考
　　——读陈平军散文诗集《紫阳书》………蔡　淼（123）
从低洼走向高岗
　　——陈平军散文诗集《紫阳书》读后……陈益鹏（127）
被故乡的光芒照亮
　　——读陈平军散文诗组章《有关紫阳八景的二重唱》
　　………………………………………………玩　偶（130）
评鉴与感悟……………………………………薛　梅（133）
谱系记忆的当下再创造………………………陈伶俐（134）
《紫阳书》是一部好书…………………………边　村（137）

有话要说

我的坦白（代跋） …………………………………（141）
我以为
　　——《心语风影》代后记 ……………………（145）
揭秘：紫阳书（代后记）…………………………（148）
散文诗写作的现实性 ………………………………（150）
我与这个世界对话的精神狂欢 ……………………（153）
创作手记：家谱，精神图谱 ………………………（156）
全国散文诗人百家访谈 ……………………………（157）
霜雪点点 ……………………………………………（163）
我的文学档案 ………………………………………（166）

边走边唱

群众文艺出版社　1995年6月出版

边走边唱的日子
——记青年作者陈平军

吴少华　刘全军

今年二十八岁的陈平军是紫阳县深磨乡小学一名教师,他热恋文学,潜心教学之余勤奋笔耕,出版了散文集《边走边唱》。这本由四十三篇短小精美散文诗辑成的合集,共分"第一缕阳光""黄昏的歌手"等七个小辑,既展现了他的艰难生活历程,也反映了他对文学执着追求的梦想。

陈平军生长在紫阳县深磨乡白果村一个普通的农民家里,上初中时父亲积劳成疾,又无钱医治,只好躺在床上苦熬,直到气血熬尽。父亲的死使本来就贫困的家庭更加窘迫。为了养活兄妹四人,六十岁的爷爷下地劳动,孱弱的母亲起早贪黑操劳。陈平军在离家四十多里的双桥镇中学寄宿读书,每周回家一趟,往学校背口粮。粮食自然不充裕,每月总有几天断顿;菜是没有的,只有和在饭里的红苕、洋芋。每次回家,弟、妹摸着他的脸说:"哥,你长胖了。"母亲听了,泪花儿在眼眶里直打转。这哪里是胖哟,分明是营养不良造成的浮肿!穷且益坚,陈平军不需要任何鞭策激励便自然知晓勤奋学习的重要。应该说,中学时代的陈平军还没有"作家梦",而只是凭着兴趣喜欢上语文课，极其认真地写老师布置的作文；当受到老师表扬并在全班同学面前朗读自己的作文时，他便趴在桌上，有点心花怒放、飘飘欲仙……

1987年，陈平军以优异的成绩考入安康第二师范学校，全家为之喜悦，唯独爷爷蹲在火塘边吱吱啦啦地吸着旱烟，还不时发出几声剧烈的咳嗽。"娃子，咱家穷，你……"爷爷皱着眉欲言又止。陈平军明白爷爷要说什么，他跪在地上，流着泪哀求爷爷："我要上学！我以后挣钱孝敬您！"爷爷无可奈何地点了点头。

三年的师范学习生活，奠定了陈平军走上文学创作道路的基础，收入《边走边唱》里的散文诗，大部分是在这段时间里写的。他沉默寡言，整日埋头看书写作，忧伤的神情让同学们感到他可怜巴巴的。学校里的文娱活动他几乎置若罔闻，从不参加，只是偶尔在黄昏独坐江边，出神地望着汉江水，无限思恋着家人。他想念爷爷，不知他老人家一向佝偻的背直了些没有；他吹奏竹笛，问候天堂里的父亲过得可好；他思念母亲，常忆母亲在寒冷的夜里一边做棉袄一边讲美丽童话的情景。亲人的养育之恩，没齿难忘，《问夕阳》这篇散文诗就是在这样的情景和心绪中写就的，而且获得第二届全国中等师范生作文大赛三等奖。

陈平军的处女作是发表在《安康日报》上的一首诗《二月》，其后又在《诗刊》发表组诗《是你使我陶醉》。以后的日子，陈平军完全沉浸于读书写作中，却耽误了功课，升级考试除语文外，其他课程一塌糊涂。他吓坏了，赶忙老老实实补习功课，到升学补考时，各门功课才达到全优。

1991年，陈平军从安康第二师范学校毕业分配到深磨小学任教。他不断总结教学经验，撰写的教研论文《创设情境在作文教学中的发散思维的意义及作用》，被收入《中国中小学生作文研究》一书；他指导荐析的学生作文相继收入或发表在《全国中小学生作文大赛精品精选精析》《明天的太阳》《百家作文指导》《学习报》等书报上。乡村生活是冷寂的，但陈平军的思绪却在乡野深处悠悠飘扬。他一边教书，一边写作，凝望缀满星星的夜空，胸中涌动的是如血的渴望，笔端倾注的是真挚深沉的情感。

一个边走边唱的人走过边走边唱的日子，他在艰难跋涉中引吭高歌，品尝着边走边唱的人生滋味。

（刊于《安康日报》1999年12月1日）

《边走边唱》的滋味

王义清

朋友荐我一本散文诗集,介绍说诗集的作者陈平军是深山里的一名小学老师,我很惊诧,并为之肃然起敬,打开书一口气读了下去。

《边走边唱》总是保持一种真实的心境,将真实的历程和率真的内心独白娓娓道来。作者从二十岁的心灵中告别冬季,等待钟声,不管心绪如何,都要问夕阳听竹笛,想念母亲,赞美黄昏。无言的夜里有选择、有徘徊、有红衣少女,面对诗歌有最初的表白和最后的超越。边走边唱的日子,他走不出人生的长廊,却只好对小红、石云倾诉。一篇一种心境,一文一次心灵的展现。对人生的渴望与追求,对旅程的迷茫和苦恼,跃然纸上。

独立窗前,面对茫茫的雨帘、茫茫的烟雾,映现的是一张多么苍白的面容。这难道是二十岁心灵的独白?如果作者不是被困在生存的窘境中,绝不会坦露这样的心境。

在《红衣女孩》中,他写道:"我在期待心的呼唤和爱的挽扶,在你纯洁的期盼面前,一切谎言都显得苍白无力。对爱的呼唤、渴求以及在你面前的茫然无措,使一颗受伤的心颤抖。"

书中四十三篇散文诗都很短小，几百字的内容已饱含浓烈的情感，有些篇幅具有诗的感情和意象。不过，有些文章过于注重情感的抒发和心灵独白，反映社会生活比较狭窄片面。也许，这正是一个人在跋涉中涌自心底的歌吧。

（刊于《安康日报》1996年9月28日）

好好爱我

当代中国出版社　2003年12月出版

借序说话
——序陈平军的《好好爱我》

方晓蕾

陈平军是我的老朋友了，我俩相识于20世纪80年代末，算来已有十多年了。那时我们都是十几岁的孩子，年龄相仿，经历相同，也都酷爱文学，所以也就气味相投，且这么一投就是十几年。如今平军的第二本诗文合集要出版了，他三番五次地要我写一篇序样的东西附在文前，我无法拒绝。我拒绝得了吗？我可以拒绝人情，可以拒绝交情，但我不能拒绝十几年光阴，不能拒绝平军的真诚。

说到真诚，我真的为陈平军的真诚为文所感动。一个乡村小学教师，常常要为自己的生计奔波，但文学始终在他的生活中占有一席之地。几年来，他有得有失，也曾对许多事失望过灰心过，但对文学一直痴心不改，真诚依旧。这种精神（如果这也算是一种精神的话），其实已超过了文学本身，它的意义已不在文学的得失上了。

我常想：一个人只要认真，只要用心，只要付出真诚，就会得到一个丰富的世界。陈平军以前出版的《边走边唱》与这本即将出版的《好好爱我》，不就是真诚的最好例证吗？真诚的树上一定会结出真诚的硕果，这是真理。

《好好爱我》并不厚重，只有十来万字，且都是短文，以散文诗、散文、诗歌三种形式分为三辑。这三辑内容基本上都曾见诸报刊，有或多或少的读者读到过它们，如今它又成集展现在读者的面前，可以使人集中了解陈平军的创作实力。这些短小的诗文都是以写情感为主的，包括亲情、友情、爱情，等等，反正陈平军的本意是以情为经，以爱为纬，为大家写尽至情至爱。这样说，你该明白《好好爱我》是一部什么样的作品了吧？它不会给你新鲜的人物，它不会给你人生的启迪（什么又是启迪呢），它也许都让你找不到所谓的感觉，但它给你朴实、给你真情、给你来自一些小事情的光华，给你一些来自小人物的思想。这就够了。

记得英国诗人柯勒律治说过：诗是从心田里流出的歌。柯勒律治是浪漫派的重要抒情诗人，他所说的诗，其实指的就是抒情类的文字。抒情散文、散文诗又何尝不是这样呢？在我看来，这类文章的好坏高下之分在于感情强烈之分。好诗好文，之所以好，是因为它以浓厚的感情打动了读者，与读者的心灵产生了共鸣。而感情的浓郁与否，取决于情感的真实、强烈与否，一句话，取决于你的爱有几分。陈平军《好好爱我》中的诗文，我以为就具有这种强烈的感情。读书中的所有诗文，都会让你深深地叹息，为爱、为情、为生活、为命运、为一点小事、为某些不可知的东西……当你眼里满含泪水时，你就应明白，那就是爱。

十年前，陈平军就让我对他的诗文作以评价，我没答应，因为我无法评价情感的高低；十年后，我还是不会就他的文章做具体的评论，因为我仍然无法评论情感的好坏。我讨厌评论，评论是一种技术活，有一定的理论基础的人才可为。但这些评论对作者及其文章又有什么实质性的作用呢？没有，一点都没有。诗文不是写给评论家看的。对诗文最具有发言权的是读者。诗文写出来后就如同孩子出生了，疼它爱它的是父母，对它评头论足的却是旁的人。所以，陈平军诗文的好坏，还是交给读者来评判吧。况且，我说好，读者不一定买账；我说不好，这又不是一个序者所应为的。不说也罢。

  我对平军要说的是：你同我一样，都来自农村，你至今还生活在那山高路远的农村，你我一样无枝可依，唯一可以依靠的是自己的双手以及手中的这支笔。这支笔可以成就我们的梦想，机会是自己创造的，要珍惜呀！

（刊于《教师报》2001年2月7日）

把爱写在纸上

刘全军

陈平军作品第二本合集《好好爱我》由当代中国出版社出版了，这是他继第一本散文集《边走边唱》之后对自己所热爱的文学真诚地再赋心曲之果。作为一名乡村教师，教学之余，他把全部的心血倾注在写诗作文上，而且满腔热忱地奉献给了读者。凭着这份热忱和执着，凡是有点阅读习惯和文学情结的人，都不会轻易拒绝与他交朋友，也不会把他的书当成摆设随手搁在书架上不闻不问。

与陈平军相识是在五年前，那时我在城关镇搞宣传，一门心思写些为镇上和领导歌功颂德的东西，恨不得把身边所有的好人好事都见诸报端。一次偶然机会，听人说起了陈平军，那时他还在县内一个极其偏僻的小学教书，经朋友引见，他风尘仆仆地跑来县城，出现在我的眼前。他没有我想象的那么秀气，事实上人在相对偏僻艰苦的环境里，就是文曲星下凡也会经受千磨万击，何况他既图生存又谋发展，在没有任何外援的条件下苦撑苦熬，境遇就可想而知了。他的言谈没遮没拦，也不会盯着别人的眼睛说话，满嘴全是文化圈子里的话题。所以尽管在当时他已出了书，知道他的人还是很少。那次见面，我顺便采访了他,与吴少华合写了通讯《边走边唱的人》,发表在《安康日报·瀛湖》版上。后来他总算调到芭蕉九年制学校任教,迈向了人生的新阶段。此后,他更加忙于教书和写作,便与我联系少了。这次,我知道他要我为他写点东西也是真心,所以我没有拒绝这份真诚,因为我自己与他有同样的境遇,算是惺惺相惜吧。

《好好爱我》是个合集,分散文诗、散文、诗歌三部分,虽然谈不上厚重深刻,但都是作者真情的流露。爱就是一个字,只有你好好爱别人,别人才会好好爱你。如果说亲人们对陈平军的爱是亲情之爱,那么他回报这些爱的最好方式,就是用心去感受、用笔墨去表达。在"心语风铃"所辑录的十余篇散文诗里,无论是表白爱情,还是回味故乡温情,作者都是深情脉脉,没有半点虚情假意,只是这些文字全靠激情和体悟,很难让人一下子感觉到罢了。这也应了范曾所说:"文章不难于巧,而难于拙;不难于华,而难于实。"网络时代,只有在宁静的心境下才能写出好文章。无论散文的形式和内容怎么变,但凡凸显真性情、真情感,洋溢着才气、灵气、正气的散文,都是好散文。陈平军的散文大多是通过浓墨和浓情来重现鲜活的生命本真。这是遥远的童心的痴情呼唤,是追忆似水年华的心灵履约。"此情可待成追忆,只是当时已惘然",在回味甜美和温馨之情的同时,也难免会有淡淡的留恋,悠悠的怅惋。但无论是回望家乡,还是勾勒情怀,作品中都凝聚着作者的一腔情思。如《生日夜想起母亲》《家乡的石磨》《轻风摇响紫风铃》等篇章,堪称心灵鸡汤式的美文。但是,恕我直言,陈平军的散文语言过于自矜,缺少恬淡冲和的意境。这种行文风格读起来还是比较费劲的。我对于诗歌是个门外汉,但我却知道一个时代不能没有诗人和诗歌。陈平军的诗歌大多是写给妻子的爱情诗，以诗言情，他算是找对了门路。让我不可理解的是，他已进入而立之年，情感居然还是那么浪漫浓烈，并没有被现实生活冲淡。就凭这点，他的诗就非让人品咂不可了。

　　陈平军是勤奋的，他的书柜装满了书籍。教学之余，他除了写诗作文，也搞教研，还发表了不少教研文章。新课程标准要求教师是研究性的，这也给陈平军指明了方向。不管怎么说，陈平军这种"咬定青山不放松"的精神是令人敬佩的。我和所有关心他的人都期待他写出更好的作品。

（原载《中国文学》2009年第1期）

真情编织的梦

方晓蕾

从最初见到《好好爱我》的原稿,到如今的成书,已经过去了四个年头,紫阳教师陈平军的第二本作品集终于问世了,我也长嘘了一口气。我的这种感觉,就如看着一个从小多灾多病的孩子,终于茁壮成长为一个大人一般。的确,我见证了《好好爱我》的一切,甚至可以说其中的每一篇文字我都是看着成文的。

我在《好好爱我》的序言里这样说:"《好好爱我》并不厚重,只有十来万字,且都是短文,以散文诗、散文、诗歌三种形式分为三辑。这三辑内容基本上都曾见诸报刊,有或多或少的读者读到过它们。如今它又成集展现在读者的面前,可以使人集中了解陈平军的创作实力。这些短小的诗文都是以写情感为主的……以情为经,以爱为纬,为大家写尽至情至爱。这样说,你该明白《好好爱我》是一本什么样的作品了吧?它不会给你新鲜的人物,它不会给你人生的启迪(什么又是启迪呢),它也许都让你找不到所谓的感觉,但它给你朴实、给你真情,给你来自一些小事情的光华,给你来自一些小人物的思想。"我还写道:"抒情散文、散文诗是心田里流出的歌……在我看来,这类文章的好坏高下之分在于感情强烈之分……《好好爱我》中的诗文，我以为就具有这种强烈的感情。读书中的所有诗文，都会让你深深地叹息，为爱、为情、为生活、为一点小事、为某些不可知的东西……当你眼里满含泪水时，你就应明白，那就是爱。"

然而，我更看重的是这些文章后面的陈平军。你从文章中读到的是感情，你没读到的是艰辛；你读到的是欢快，你没读到的是痛苦；你读到的是成功的幸福，你没读到的是走向成功的过程中的种种失望……你想想，一个乡村小学教师，常常要为生计奔波，但却始终不放弃自己的梦想，这真是很可贵的了。更可贵的是他在自己的工作岗位上也取得了很大的成绩，做到了文学创作与教学双丰收。陈平军1991年从安康第二师范学校毕业分配到深磨小学任教，如今在紫阳芭蕉中学教初三语文。工作以来，他不断总结教学经验，撰写的教研论文《创设情境在作文教学中的发散思维的意义及作用》被收入《中国中小学生作文研究》一书，他指导荐析的学生作文相继收入或发表在《全国中小学生作文大赛精品精选精析》《明天的太阳》《百家作文指导》《学习报》等书报上。这些成绩远远大于他的文学创作，他在这方面的付出也远远多于文学创作，因为这才是他赖以立身的根本，在文学上的努力只是这些立身之本的点缀。我想，在平军的眼里，他的学生也一定是他的作品。

《好好爱我》就是一切努力的回报。我佩服平军的努力。我想对平军说：你同我一样，都来自农村，你至今还生活在那山高路远的乡村，你我一样无枝可依，唯一可以依靠的是自己的双手以及手中的这支笔，这支笔可以成就我们的梦想。如今这本《好好爱我》再一次证明，你有写作的才华，你离你的梦想更近了一些。

（刊于《安康日报》2004年6月17日）

寻找与遇见
——谈陈平军散文诗及其他

十　月

　　人生就是寻找自己、遇见自己、成就自己的过程。
　　还没有找到自己、遇见自己、摸清自己的时候，人总是无助而茫然的。陈平军的寻找与遇见，都是从家园（生他养他的家园、他自己精神灵魂的家园）开始的。从陈平军的散文诗作中，我总能够看到这样的生命状态：在家园里，他寻找和遇见乡愁；在枯灯下，他寻找和遇见自己。很多时候，他在提醒自己，要努力找到这样的自己，让自己离那个自己近一些，再近一些。为此，他不断地走出家门，探索前进的道路。终于，他遇见了家园、遇见了孤独、遇见了散文诗，遇见了自己。
　　他选择以散文诗的形式靠近家园、靠近自己，安放自己的灵魂。二十五年来，他与散文诗不离不弃，并坚持着这样的寻找与遇见。在阅读陈平军的一些篇什中，那种寻找与遇见的景象一次次地展现在我的脑海，让我情不自禁地要写下这些文字。

寻找 —— 陈平军散文诗创作的出发点

走,是诗人陈平军的生存状态,不是生存环境的挪移,不是工作环境的调动,而是精神灵魂的走动与穿行。他是边走边唱者、且行且吟家。他调动熟知的散文诗语言,以抒情的笔触,努力去打探遇见自己、发现生命的路径。他走过石板巷,走过广场,探访库不齐沙漠,过阳关,夜宿经棚,邂逅月牙泉,梦见母亲……始终处于一个特立独行的状态。走过广场,诗人看到不同的人生景象,遇见别样的自己:"所有的面孔都是相同的面孔,却用不同的意识摇曳不同的欲望。我在这汹涌的暗流中游走,不敢探究故事的结局。"(《走过广场》)走过石板巷,诗人发现自己,感悟生命的意味深长:"时光的凿子,拉长或缩短无处不在,飘忽不定的你的影子,装点我匆匆的行程。"(《走过石板巷》)过阳关,诗人喟叹历史、慨叹变迁,"除却假如,你看我一直站在这里把你守候,把你喟叹!"诗人以且行且见的物象,结合生命的体验与感悟,赋物移情,化为一个个意象,或者直接以具象物、形象物出现,遇见自己,也让读者遇见读者自己。它们有的是精神物转为自然物的,有的是从自然物转为意象物的。给予读者的,都是较为容易切入的联想。诗人不追求语言的华丽,但求精准、贴切与洗练,极少使用明喻等修辞,由此,可以看出诗人行进的坚定与扎实。"紫阳民歌,这乡野千年古树上的演绎生命碧绿与辉煌的叶子,也向世人呈现着乡民们五彩缤纷的人生。透过树根的根系,就读懂了民歌或者生命的年轮,熊熊燃烧的叶子,盈盈飘摇的是山之魂,山民们踩着变幻莫测的旋律代代踏歌而行,声声吟唱，一声比一声悠扬。"（《紫阳民歌》）从"民歌"联想到"古树""年轮"与"叶子"，那种古老与生机的民歌民风一下子就让我们领悟到了。

家园 —— 陈平军安放灵魂的一个据点

家园，是陈平军散文诗创作中一块无法回避的底色。他自觉不自觉地在精神境域里遇见家乡的人或事，听到家乡的呼唤。他从哪里出来寻找自己，又回到哪里找到自己。面对家园，诗人拒绝华丽与空泛，让语言回到精神的家乡，有乡土气息，有露珠清新，有草根缠绵："我永远都离不开你啊。因为你苦涩的大门，时时刻刻都在亲切地咿呀着，呼唤着我的名字。"（《我的老屋》）诗人从一缕炊烟看到生命的源头：井水、田园、麦穗、母亲；从一缕炊烟遇见生命的温度：岁月的火塘、生命的暖流、母亲的体温；从一缕炊烟感到生命的气息：蛙鸣、牛哞、涛声。所有的发现与遇见，都是源于对故园的眷恋、对母亲的怀念、对岁月的畅想。作为温暖或者忧伤的意象，勾起情感的一圈圈涟漪："世界上再没有哪一条道路比炊烟更加亲切传神，漂泊的游子无论从哪里出发，走上哪一条都可以走回家乡，苍山落暮中叩响任何一扇柴扉，开门的都是我们的母亲。"（《一缕炊烟》）而对家园的眷恋，诗人始终抱紧一个心灵物语或意象——家门。因为诗人从这里出发，也从这里回去；从这里寻找，也从这里发现：忧郁与凄凉、快乐与温暖。

孤独 —— 陈平军遇见自己的一个基元

在寻找的路上，在赶往家园的路上，诗人总是孤独的；也只有孤独，才能看到自己、找到自己，并遇见自己的孤独与孤独的自己。那孤独可能是缠绵的爱情、骚动的青春，可能是淡淡的乡愁、忧郁的寻找与漫长的等待。但无论是哪一种，都离不开诗人思念的呢喃与歌吟，离不开心灵的影子与密码。在诗人的散文诗里，它们是"霜雪""石磨""窗帘""琴声""古板巷"等，暗发着冰冷、苍凉、忧伤的情愫，承载着诗人的影子、脚步、歌声、记忆。不管是什么，诗人怀想的羽翼总是在乡愁的翅膀上盘旋："悠长的凝望，幻化成原始的涌动，或者急切的渴望。枣树疯狂叉起的一轮淡黄落日已拉成微微的一痕，伴随着我轰轰烈烈的爱情、宽广无际的怀念或者寂寞的青春。"（《再一次用忧伤的语气提起你》）诗人在夜里面对城乡的距离，陷入孤独，点燃孤独："笨重的石磨睁大迷茫的独眼，把夜晚的气息压得一沉再沉。"（《白果村的夜晚》）"漫山遍野都是雪的消息，所有情节都被寒冷掩埋。"（《霜雪点点》）而孤独是力量的凝聚、情感的浓缩。在不断寻找与前进的路上，诗人总会一步步地靠近春天、临近花期，孤独自然会绽放出幸福的花蕾、叩响乡村深沉的夜晚："紫风铃淡淡地叩响，优雅地告诉我们春天临近，种子已经发芽的消息。"（《霜雪点点》）"在这永远的乡村，我是风的孩子，思绪旋舞，落叶静坐在离我不远的地方，就像初恋那样离我时远时近。透过枯枝，夜的光芒无孔不入，将我包围，在风的怀抱中独步，我听到了乡村夜晚深沉的绝响。"（《走在乡村》）

寻找是美丽的，像探向春天的枝头；孤独是美丽的，像初现心地的散文诗的精灵。而家园，总是诗人寻找与孤独的维系，离不开、脱不掉，总会趁着孤独潜入心底酝酿乡愁，进入诗人的精神家园。期待着遇见陈平军更多更美的诗篇，期待在他的散文诗中遇见我们自己。

2014年6月20日

（十月，广西青年散文诗人、评论家，广西作家协会会员，出版有散文诗集《审视与谛听》《面对一株芦苇起舞》。）

爱，则情满山川诗满怀
——读陈平军的散文诗

胡　坪

我和陈平军相识于求学师范时。那时正涌动着崇尚文学之风和文化思潮，我们在报刊上相遇而"认识"。后来才得知，他出身贫苦，青少年时期承受过不少的艰辛和困厄，但他并没有因为苦难而消沉和愤懑，反倒更加勤勉和求索，以诗意的美好加倍感恩生活和生命，最终实现了梦想，构筑了自己的精神领地。特别是在忙碌而琐碎的工作生活中他执着地坚守，短时间内就出版了《边走边唱》和《好好爱我》两本诗文集。其中很多都首发在《诗刊》《星星》《散文诗》等核心期刊上，还有些作品获得了国家和省、市大奖，尤其是散文诗《过阳关》，还入选了《中国散文诗人2013卷》。这是对一个散文诗作者莫大的褒奖和肯定。时代潮流汹涌，大浪淘尽，他始终迎风而立，且歌且吟，边走边唱，成就了文学，成就了丰盈灵魂，成就了诗意栖居。

陈平军的作品无论是散文、诗歌，抑或散文诗，突出的都是爱和情。那爱是至深的，能够情满山川；那情是透明的，足以融冰释怀。选在《好好爱我》这本散文诗集中的八篇散文诗，都是作者不同时期发表在核心期刊上的代表作，集中展示了作者散文诗的整体面貌和风格，既体现了不同时期的人生际遇和生活状态，也体现了不同时期对散文诗的把握和追求，可谓是最珍贵的生命收藏、最美丽的青春抒写和存在姿态，也是散文诗创作的一个小结。其鲜明的艺术特色包括以下几个方面：

一、浓郁的情感流淌。浓郁的情感是陈平军散文诗的一个突出特质，而且这情感明显指向了爱、温暖和美感。在《山村写怀》和《一缕炊烟》里表现为对故土亲情的抒写。这情感如不是深深的爱，如不是将自己儿时的脚丫子深深插进过泥土，是不可能激发出来的。岁月无情，天催人老，但作者依然能看到"红蜻蜓、蓝蜻蜓在树梢上摇着乡情"，读懂"鱼儿在河湾咬着阳光的祥和"；嗅得"随晚炊的烟岚飘起的日子的清香"。尤其是"炊烟站在家园最高的地方，俯视一切，看水桶立足灶前，溢满乡村的温馨，水桶勒紧裤带，岁岁年年年年月月在村头那口老井里洗心革面。"这样的句子已经把对敦厚而绵长的乡情乡愁融入骨髓和血液，而母亲和乡村的形象逐渐高大了起来，美丽了纯粹的乡村。如果说爱是信念、爱是能力、爱是艺术的话，那么由爱生发出来的情感，就应该是品质。陈平军就是在深厚的对生命和生活的爱恋之中，练达了自己特有的情感品质。面对乡情，他在《山村写怀》中写道："日子在我们的呼吸声中悄然滑落，而浓郁芬芳的乡情依然悠远，绵长。"面对亲情，他在《一缕炊烟》中写道："世界上再没有哪一条道路比炊烟更加亲切传神，漂泊的游子无论从哪里出发，走上哪一条都可以走回家乡，苍山落暮中叩响任何一扇柴扉，开门的都是我们的母亲。"面对爱情，他在《霜雪点点》中写道："在你想我的日子，飘雪的屋檐是不是我们的诗歌，这点点霜雪是不是最亲密的韵脚？"就连寄寓理性思考的诗句，也都充满了摇曳多姿的情愫，如："半滴烛泪从信念的高度，从孩子的期盼的眼神中流向备课本，流向我的笔下，流进学生的心灵。"尤其是2013年6月在《星星》诗刊上发表的一组颇有历史文化感的作品《行走内蒙古》，依然能将残垣断壁的历史碎片和支离破碎的陈年旧事，很好地糅合在自己顺畅的情感流里。《夜宿经棚》中由此及彼对爱的祈愿，《过阳关》中久久的守望和深沉的喟叹，都能引起读者的强烈共鸣。作者的抒情在浓郁饱满的同时，又做到了不滥不矫，保持了合适的抒情温度和高度，亦情亦理，晓畅自然。

二、清新的意象画面。作者的散文诗很少有空洞的说理，也少有无物的纯抒情，而更多的是在叙述和描写中用意象勾勒画面，营造场景，创设情境，让情感和思想的河流在图画中流淌、浸润。"山雨欲来"和"水到渠成"应该是作者散文诗情感铺设和表达的效果。在《山村写怀》中，开头就是："清新的田野风吹拂着我的头发，像母亲温情的手梳理着我的思绪。风中有我苦命的母亲眺望着我的身影。"这两句叠加一起后就构成了一幅图画："苦命的母亲在田野的风中用温情梳理我的思绪和头发。"这些意象看似没特别的新奇，但巧妙组合构成了朴素而深情的乡村画面，热爱乡村依恋母亲等情感自然流露。而在《背对窗帘》中，他写道："秋风中，一支支熟稔的歌子如细雨漫游，已在我们的心中翻出层层新意，层层深意。秋雨中逐渐焦灼憔悴而比黄花瘦的影子是你是我还是谁？"作者勾画了一幅背对窗帘面对秋风秋雨时浮现憔悴身影的画面。这情不浓不淡，这情不深不浅，但又情何以堪？作者当过乡村教师，《烛夜备课》和《在乡下教书》成了他多年的生活常态。但他正是选取了这样的意象和组合，通过一幅幅难忘的图画，将这段生活写成了散文诗，还写得情真意切、大气磅礴，把乡村教师平凡琐碎和铁肩道义鲜活地表现了出来。比如："我端庄地走在校园里，深深地知道自己是在把汉字、粉笔混合在一起，将一个叫忠诚的词，用血液煮沸，端给孩子们饮用，祈愿汉字在他们心中孕育发芽，长出一片欲望的叶子，像山坡青草一样郁郁着校园，像缤纷的花朵芬芳着纯净的花坛。"这既是课堂再现，又是精彩图画，更是对教师的诗的礼赞。意象的选取与组合构成画面，叙述和抒情的跳跃造成画面的叠加，成就了散文诗的整体美感和多层次的丰富性。

三、生动的情景意境。作者亦诗亦文，最终综合诗文选择了散文诗。对散文的自由把握和诗性诗意的挖掘，为他写好散文诗奠定了基础。无论是写乡村亲情、写平凡生活，还是写心灵意绪，以及历史感悟，作者都极为注重通过意象和细节营造动人的情景美和意境美。这是散文诗的要素，也是陈平军散文诗的重要特色。让我们来看看作者的书写片段："小鸟的巢在树枝上悠闲地坐着，望着参差不齐的炊烟发呆，就像我们时常坐在家门口，读变幻莫测的人间烟火，想一些永远也弄不懂的事。"（《山村写怀》）"我还要让他们用坚强长成发达的根系，来构筑全文的结构，延伸、遍布到雄鸡状的版图，用崇高与热情，融入血液，来提炼文章的题旨，像鲜花开遍山川河岳。"（《烛夜备课》）"翻飞的雁影拍打着历史的云烟。疾驰的车轮碾轧着世事的变迁。"（《过阳关》）

综观作者近年来的文学创作，从散文到诗歌，再到散文诗，始终充满了尝试和创新的探索。就在现在的散文诗创作上，也是力求不重复自己，无论题材、修辞、结构、手法和风格等，都在不断创新。清新的意象、流畅的叙事、图景的再现、意境的营造和浅显哲理等，构成了陈平军散文诗的鲜明个性和特色。

也许是因作者淡泊而随性的个性，他的作品没有刻意仰视什么或俯视什么，也没有奇异和晦涩，都是贴着表达主题，用自己的真情和至爱去拥抱它、去歌唱它、去赞美它，深情而清澈，优美而朴实，醇厚而潇洒。作者自己认识到并说自己作品的思想性开掘做得不够，我倒要说写自己想写、写自己能写、坚持写好就是成功。作者的作品被广泛认可已经是明证，况且近期作品已经明显增添了思想的厚重和文化的意蕴！陈平军的散文诗很早就在紫阳独树一帜，现在依然是紫阳散文诗的领军人物，自然值得我们期待！

心语风影

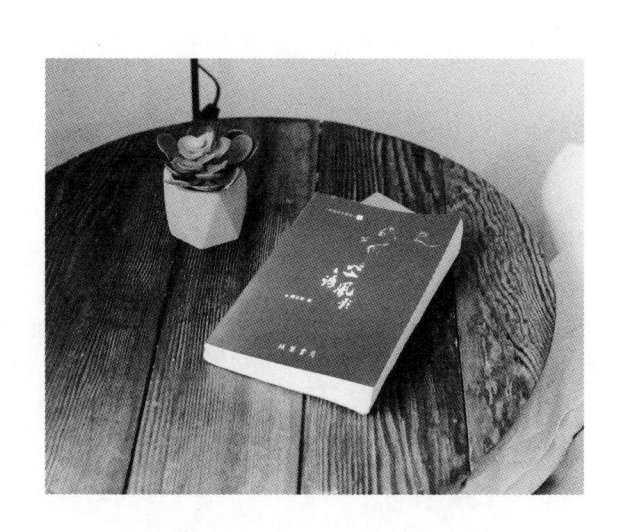

线装书局　2016年3月出版

大山的馈赠及其诗意的传承
——序陈平军散文诗集《心语风影》

蒋登科

散文诗不是一种大文体，而且，作为一种以心灵抒写为核心的艺术样式，不能改编成电影、电视剧那样的娱乐性艺术，所以很难像小说那样有可能得到大量读者的认可和接受。因此，在当代诗歌领域，散文诗的写作者相对较少，但他们大多非常执着，相互之间也比较了解甚至很熟悉。我从20世纪90年代起关注散文诗发展，偶尔也写一点，所以一直和这个队伍中的许多人保持着联系，经常参加一些相关活动。

最近几年，在诗歌不断受到人们诟病的时候，作为一种精神性、心灵性的艺术样式，散文诗所具有的舒放、内敛的艺术特征，恰好应和了人们克服浮躁、修炼心灵的需要，成为读者最喜欢的诗歌样式之一。《散文诗》或许是当下少有的还能够赢利的纸质文学刊物之一，《星星》诗刊专门出版了散文诗版，其他不少诗歌刊物甚至综合性的文学期刊也都开设了散文诗栏目，还有各种散文诗年选不断推出。有人统计，仅2014年度出版的散文诗年度选本就有多种，比如邹岳汉主编的《2014中国年度散文诗》，王剑冰主编的《2014年中国散文诗精选》，王幅明、陈惠琼主编的《2014年中国散文诗年选》，杨志学、亚楠主编的《中国年度优秀散文诗2014卷》，汪志鑫主编的《中国散文诗人2014卷》等。而在2011年的时候，还只有邹岳汉主编的《2010中国年度散文诗》、王剑冰主编的《2010年中国散文诗精选》两种。这些都说明散文诗的作者和读者队伍在不断壮大，其影响也在不断扩大。

  这些成绩的取得，得益于一大批诗人的长期坚持。陈平军是散文诗队伍中的一员年轻的"老将"，他执着地从事散文诗创作已经超过二十年，在报刊上发表过不少作品，还出版过多部散文诗集。我早就读过他的作品，但第一次见面却迟至2015年4月。当时，吴传玖先生主持的《关雎爱情诗》杂志在四川华蓥、广安举行爱情诗笔会，陈平军应邀参加，我也出席了，于是我们有了见面谈诗的机会。在活动期间，我和平军就散文诗创作有过一些交流，也进一步了解了他的创作情况。

  仔细想想，我和平军在很多方面都有些相似。我们都属于大巴山人，他的家乡在陕南的紫阳，而我年轻的时候则长期生活在四川巴中，现在也经常回去，虽然大山没有"同饮一江水"的流动意蕴，但多少可以让人体验一番"同沐一山风"的深沉旷远。我还注意到，2015年7月，平军应邀参加了《散文诗》杂志社在甘南举办的"第十五届全国散文诗笔会"。我也参加过这个连续性的笔会，只是比他早一些，那是2005年5月的第五届，在陈毅元帅的家乡四川乐至举行。在与平军不多的接触中，我发现他是一个朴实、踏实、直率的人。这应该是山里人共有的性格特点，这种性格特点中往往有一种特别的坚毅，那就是面对艰难而不倒，面对困境而弥坚，对人生充满乐观的向往。

或许是聊得比较愉快，平军在编好他的散文诗集《心语风影》之后，就把稿子发给我，希望我能够谈谈自己的阅读感想。我爽快地答应了。这中间或许有一点私心，就是希望能够从他的作品中读到当下的大山，读到曾经的自己。这本诗集包括"紫阳""旅痕""心语""烛光"四辑，写的是诗人对家乡、对行旅的感悟，以及他内心的点点滴滴的思索。

平军的诗关注家乡，那是他出生、成长和长期生活的地方，那里有他的人生底色和生命起点。他的家乡在山中，因此，其作品中总是充满山的意象：雄伟、神秘、坚毅的大山支撑了他生命的脊梁，也支撑着他诗的风骨。当然，雄伟的大山也有柔情的一面，那是大山人独具的灵魂，大山人朴实的爱心。大山带给诗人的除了苍茫、悲凉的感觉之外，更多的是塑造了诗人那种不屈不挠的性格——那是一种超越艰难与苦难的力量，属于人格核心向度的力量。这种特征贯穿了他的整个创作历程。他每个时期的作品中都或多或少地纠结着面对、承担与超越这样的矛盾，诗人在这种矛盾之中不断获得诗意的发现，也寻找着精神的出路。《紫阳富硒茶》是平军关注家乡的代表性作品之一，其中有这样的诗行：

将一把原始的素材搓成故事的线条，揉成满腹经纶与思想，焕发青春的光泽。

掬一捧任河秀水烹煮香茗，日月山川、云雾缭绕的巴山灵秀凝聚无边的向往。

一片片含蓄而精致的叶子，冲泡成难以言喻的情调，清洌的茶水漂飞流萤般的心事，诉说着山民们朴素的情怀。

泡你，是泡不完的世间甘苦；

品你，是品不完的人生百味。

富硒茶是紫阳的特产，也是最能代表当地特色的一种诗意的物象。但诗人并没有描述其外在面貌，而是抒写着他的内在体验，通过茶表达他的"思想""向往""情调""心事""情怀"，最终要揭示的是"世间甘苦"和"人生百味"。这哪里是在写茶啊，分明是在写百味人生。只不过，他太熟悉家乡的茶了，于是代表家乡的"茶"就成为诗人寄托人生情怀的物象。

有民歌的地方往往也拥有独特的文化。民歌都是当地民众长期创作、传唱，可以表达当地风土人情的艺术样式，积淀着深厚的文化基因。平军的《紫阳民歌》这样写道：

紫阳民歌，从紫阳堡出发，走过乡民们坚毅的额头，在汗水中挥洒劳作的激情，从肩挑背扛的茶马古道穿越时光的隧道走进渴盼幸福的心底。一朵一朵开满嫩绿的茶树，泛着洁白的光芒，像一只布谷在典籍的乡村上空盘旋，清脆的啼鸣，饱含阳光和汗水，还有茶香，默默地渗入我们的内心，从山民坦荡而宽广的内心，我看见一条未经污染的汉江从我面前缓缓流过。

就历史来看，山里人的生活都比较艰辛，但朴实的大巴山人却从艰辛中站起，追求着属于他们的人生梦想。他们依靠自己的奋斗改变现实和人生，体现出一种单纯、朴素而又令人心生敬意的乐观与达观。在并不华丽的诉说中，我们读到了诗人对大山的深爱，对家乡文化和乡亲的深爱。

《白果，白果》也表达了同样的意蕴：

我这样呼唤着你的时候，略带悲苦的清香就已经不可避免地弥漫在白果村的上空，空旷而持久。

这还不够，还要挥舞着巴掌扇动清风，肆无忌惮地把艰辛洒满山野。

从青到黄，毫不悔改。

既然无法控制，那就把对村庄的思恋换算成一种隐忍或者放纵，熬制成一味中药，用所谓坚韧的核作药引，医治老家的疼痛。

这是一篇咏物的作品，诗人写的是一种植物及其果实，但他为这种果实赋予了独特的诗意，"悲苦的清香""艰辛"都是诗人对故乡的感受，但他更有一种渴望，就是"把对村庄的思恋换算成一种隐忍或者放纵，熬制成一味中药"，"坚韧的核作药引"，"医治老家的疼痛"。在这里，诗人把握了对象的特征，但并没有简单地接受对象的指引，而是将其作为自己抒写内心情感的承载物，并最终创造了诗意的自己。在这里，诗人的诗意发现和主观体验发挥了更为重要的作用。我们从中读到的依然是诗人对故乡的关爱。

平军的作品很少那种轻飘飘的抒写。这和那种只把散文诗当成"心灵鸡汤"的看法和做法完全不同。他的有些作品甚至具有史诗意味，比如《有关白果村的家族史》，借助大山的背景，通过几个历史的"点"，通过不同时代人物的命运，抒写了一个家族几百年来的历史变迁，而今天的诗人仍然在沉思，在追问：

光怪陆离的斑驳时光中，如何描绘岁月的光鲜？何处安放我最初的家园？

看满山碧绿侵略最后的耕地，撤退于钢筋混凝土牢笼般的奋斗，满眼不舍与不甘，谁能用干瘪的爪子刨出深埋地下的根？

退居在城市的屋檐下，端坐在空荡荡的客厅中的母亲，坐在日渐消退的落日余晖中，坐在世事中央，到底能不能镇守住我的故乡？

历史永远是一面镜子，可以照见岁月的履痕，照见灵魂的光晕，甚至照见未来的旅途。对历史的思考，可以使我们丰富而有底蕴，也使我们的诗歌具有厚重的底气。平军在谈到这首诗的创作时说："……先辈们经历了无数难以想象的磨难，历经几百年社会变迁之历程，社会发展与个人或者家族之命运息息相关，我无数次拷问逝去的时光，始终无法明白究竟是社会成就了一个家族还是一个家族呈现了社会的本来面貌。可是，先辈们那无比坚忍而与命运抗争的面孔，在社会变革中奋力前行的脚步始终在我生命里清晰而又模糊地呈现，面对一个个普通得不能再普通的小人物的命运，他们的或者是我的迷茫，又要在哪里找到出口？"他的这种思考可以帮助我们理解他创作时的心路历程。对于诗歌而言，感受和思考有时就是一切，不一定要找到确切的答案。

正是因为从小就在大山的怀抱中养成的个性和追求，所以无论走到哪里，无论面对怎样的景物，平军都可以发现属于自己的独到的诗意。比如《探访库不齐沙漠》，诗人的感受来自沙漠，但又超越了沙漠。他所体验到的是人生的沉思与别样的滋味：

我，就像一根离弦的箭，疾速地被黄河射到一片沙海里。

面对蔚蓝与洪荒，我的记忆无所适从，就像沙海与湖泊，沙漠与绿洲，原来也是那么近在咫尺，那么泾渭分明。

面对梦想与现实，我的脚步徘徊不前，就像诞生与毁灭，希望与失望，都只在一念之间，原来世事就是那么纷繁无常。

一地驼铃，洒遍辉煌的记忆，谁能告诉我哪里是过去，哪里是未来？

沙海飞舞，一路欢歌与笑语，谁能告诉我何时是幸福，何时是忧伤？

这就是诗。诗来自心灵，诗的出现有时要受到外在世界的触发，但诗人写的肯定主要不是外在世界，而是外在世界在诗人心灵中折射的光影。《梦见母亲》写的似乎是母亲的生活，但实质上却是母亲对儿女的关爱：

母亲戴着他那顶蓝蓝的帽子，腰弯成一张弓，想要射下那火辣辣的太阳，为的是给我们留下一片绿荫。却不小心被柴刀砍伐，可思想依然葱茏，母亲依然分不清哪一片是大儿子心系母亲的诗歌，哪一片是么女牵挂母亲身体是不是安好的惦念。

我始终弄不懂是夕阳把母亲撂倒，还是母亲把夕阳撂倒。她把夕阳一层层捆紧，塞进灶膛，熊熊的火焰燃烧着她无尽的希望，伴随着她孤寂的岁月。袅袅飘摇的炊烟是她一生的写照，被思念的风一吹，就洒成漫天关切的目光，照亮儿女们温暖的心穹。

面对艰难，母亲曾经坚强地活着，这是因为她有一种内在的力量，而这种力量来自她的爱。

诗人享受了来自大山、来自亲人的爱，他也乐意把这种爱奉献给更多的人。这或许就是平军对人生的最本质的思考，也是诗歌带给他的最美好的收获。我们从他的很多作品中，可以读出这种爱的演变与传承。《在乡下教书》有这样的诗行：

如果，他们被世间猝不及防的阴暗绊倒或者被世俗大雾迷住了方向，就需要重重地敲击村口那古老的钟，让历史的声音进入幼小的心灵，洒一缕阳光或几丝细雨，让他们同山间小树一道快乐生长，即使不能长成参天大树，至少我会把他们打磨成开启乡村黑夜的钥匙。倾听树梢清脆的鸟声，或者，淌入岁月的山间的小溪，沿树的血管，汇一域海涛，拍打乡村的眼眶……

我端庄地走在校园里，深深地知道自己是在把汉字、粉笔混合在一起，将一个叫忠诚的词，用血液煮沸，端给孩子们饮用，祈愿汉字在他们心中孕育发芽，长出一片欲望的叶子，像山坡青草一样郁郁着校园，像缤纷的花朵芬芳着纯净的花坛。让洁白的纯真和血红的激情，融入散发清新墨香的新书，拂过乡村的额头，像炊烟一样袅出一条条小路，走向山外……

我们可以从中读出时代的变迁。他的梦想已经和前人（比如母亲）大不相同，他有更开阔的视野，也有更远大的目标。但诗人传承的爱在本质上与前辈没有什么不同，只是爱的方式和目标发生了根本的变化。

总的来说，陈平军的诗是有思想的诗。有些人不喜欢在讨论诗歌的时候涉及"思想"这个词。其实这个词本身并没有错，情感的长期累积往往就会形成思想，或者说，丰富的情感是需要独特的思想作为支撑的，只是在有些人的作品中很难找到一以贯之的情感和思想脉络，显得比较驳杂而无序。而陈平军的探索始终坚守了自己从大山的哺育中所获得的坚毅的精神，所孕育的爱与超越的基因。这就使他的诗有一种延续的、有力的精神与思想脉络贯穿其中，我们可以从他的作品中读出一个清晰的、完整的人的形象。

拉拉杂杂写到这里，只是谈到了平军作品的底蕴与情怀。其实，因为有底蕴、有情怀，他的作品在表达上也具有自己的特色，比如他注重诗的内化特征，注重精神的提炼与净化，注重对日常语言的加工改造，从而实现语言的诗化，等等。这些都无法在这里展开讨论了。好在平军还很年轻，他的创作还处于不断发展的过程中，我相信他在今后的探索中还会出现更多的令人耳目一新的亮点。到那时，我们再一起进行交流、探讨，可能会有更多的收获。我期待着那一天。

2015年12月12日，于重庆之北

（蒋登科，四川巴中人，文学博士，中国作家协会会员，西南大学中国新诗研究所教授，博士生导师。主要从事中国现代诗学研究，出版各类著作十余种。）

别样的视角和表述

——评陈平军《心语风影》

秦兆基

陈平军的散文诗集《心语风影》(线装书局2016年版),有异于时下的一些散文诗集。这是因为作者不像其他散文诗人那样视野开阔,涉墨成趣,而只是默默地打量身边有限的世界:丰饶的陕南紫阳小城;生于斯、长于斯、蛰居于斯多年的山村白果;在油灯下默默批阅作业、备课的乡村小学屋舍;朝夕相处的家人、熟稔的乡亲……所有这些,构成了变动不居但幅度又不那么大的乡土社会的情境,亦即带着中国中西部特征的——聆听到、期盼着现代化的步伐的逼近,心想奋进而力又不能,焦躁不安而又转复平静。

《心语风影》计分四辑,除了"旅途"一辑二十二篇,是写作者在修志之际到西北边境考察所见所感外,其余三辑六十二篇,目之所见,心之所涉,都是写身边的有限的世界。这样的世界,很少见到一位散文诗人能专情地打量并致力地予以表现。

题中的"风影",是指事物深蕴于内而透露于外的精气神,显现诗人对外部世界的琢磨、把握的独特方式。苏轼说过:"求物之妙,如系风捕影,能使是物了然于心者,盖千万人而不一遇也。"(《答谢民师书》)"心语",是指诗语的自然熨帖,发自于心,出于至诚,显现诗人对诗语方式的个性化追求。

诗人对于"风影"的捕捉和表现,来自对外物久久地、反复地审视、观照,并用不同的场景组合予以呈现。

白果村是其用墨最浓的图景。作者先从细物落笔,抓住了堪为家乡历史见证的"端坐在白果村底部的石磨"来写。石磨"用毕生的精力打磨乡村的粗糙,展示老家的温存,同时也被粮食咬噬你的坚强",但终于被弃置,"无奈地站在屋檐下"。从须臾不可离到被弃置,表现了小村变化尽管缓慢,但现代文明难以抗御,石磨终究被粉碎机淘汰了。再从这个"远离汉江"的村落的人们的心境变化来表现,作者写了山村一个普通的夜晚,人们不再沉迷于灯下全家团聚其乐融融的情境,而是感到夜晚"深得可怕"。留居在山村的家人,心系着从这块土地走出去的亲人,悬想他们此际的生活状况。他们惦念起去向远方煤矿、砖厂、脚手架上、霓虹灯下挣扎求生,渴望改变命运的一群亲人。一是闭塞的乡村和开放的城市之间开设了通道,留守者和外出的农民工之间构建了心灵交往的网络,让我们从在场的有限的、静谧的场景中感受到不在场的无限的、喧闹的场景,感受到沉滞中的变化。二是从山村的历史流变看现状,《有关白果村的家族史》,自开头的乾隆三十三年(1768)写到文末的2014年,跨越两个多世纪,经历了六七代。作者的先祖从湖北的桐柏山区流徙到千里之外的白果村,一定有其动因,很可能是为清初"湖广填四川"的大潮裹挟而去的,但是作品并没有交代。在这样漫长的岁月里,白果村无疑发生过许多事,很可以作为背景材料铺展开来写,置家族史于大历史之中。但是作者偏偏聚敛着笔墨，始终是在家族的小圈子里转，抒写草民的小历史，诸如开基成为庠生、举人，步入乡绅行列；新镛获得五品衔，州判，在县志中留下"简练的千字文"，实现了今天所说的阶层流动，或者说"书包翻身"；改革开放后推行的家庭联产承包责任制在李氏心中引发的狂喜，端坐在城市屋檐下的母亲对于家乡的怀想……让我们从陈氏家族的荣辱盛衰，流迁、落脚生根到终于淡出的经历中，可以窥见历史这双无形的手，是怎样不容置喙地左右人们的命运的。这体现了诗歌以隐写显的美感功能。

诗人的"心语"，也是与视角选择有关的。中国现代诗歌有着甜歌、情歌传统。这种传统也流溢在散文诗中，圆润如珠，明澈如水。诗人们习惯用带有通用性的诗语去表现习见的事物和其所依托的大背景。陈平军的散文诗因为要表现自己所见到的世界，采用了一种近于散文化的话语方式：刚劲，生脆，铺排，而有所节制，平白间见创新。如："我端庄地走在校园里，深深地知道自己是在把汉字、粉笔混合在一起，将一个叫忠诚的词，用血液煮沸，端给孩子饮用，祈愿汉字在他们心中孕育发芽，长出一片欲望的叶子，像山坡青草一样郁郁着校园，像缤纷的花朵芬芳着纯净的花坛。"（《在乡下教书》）行进在校园的花草树木丛中，诗人触景生情，因物联想，把久积的郁结于心的意念转化为诗的意象。把"用血液煮沸"的汉字，虔诚地"端给孩子饮用"，让字在他们心中化为叶子与花朵，生机盎然。由此，诗人实现了由理念到意象的转换，化虚为实，逻辑性的推理，化为可见可感的图景，还有些惊心动魄的地方，述说起来，却又是散文化的不动声色。

别样的视角和别样的表述，成就了陕南之子陈平军散文诗的特色。

心语与谁：风之外影之内
——陈平军散文诗集《心语风影》艺术浅论

范恪劼

散文诗应该算是一种特殊的文体。我的意思是，尽管该文体有着题材宽泛、形式多样的优势，但相对而言，它似乎更适宜描摹人生旅程跋涉的足音与风影。映射生活触发情感的涟漪与波动。刻录生命细微沉思的片段与音色。更进一步，当某位作者恰好将散文诗的这种长处和特质与自己的内心镜像和情思纹路脉脉相通互为表里之际，一种审美的诞生就不可避免了。

陈平军的散文诗就给予我这样的阅读快感和理性体认。

诗集《心语风影》共收入了诗人八十余篇散文诗，创作的时间跨度长达十年，若按年均八篇的选量，可谓精挑细选。诗集包括"紫阳""旅痕""心语""烛光"四辑。就内容而言，如各辑题名，诗人依次抒写了对家乡热土的深挚热恋、对行旅他乡的感悟体怀，表达了在时光岁月中的遭逢触动，以及职业生涯中的生命铭痕。就其取材之选、人文之实而言，并无与众不同。但是，当面对这些经诗者用心组合之后的篇章之时，一种焕然扑面会意于心的诗意，深深地触动了我。从中，我读出了作者"心语与谁"的答案：

一、说与故园

故乡永远是一个大地赤子的情感驻留地，也是一个真情诗人的诗意涵养苑。

在陈平军的文字中，故乡家园几乎占据了最多的篇幅。开篇第一章《紫阳富硒茶》即从故乡的名片富硒茶着笔，茶与人相谐，人与茶难分，深情而唯美。"窈窕的采茶女子翻飞着芊芊玉手，指间萦绕的纷纷跌落的心事，被一个个渐次收藏，后面的激情春笋般挤出头来，飘满山坡。随手飘落的一枚嫩叶，只要一贴近嘴唇，就能品读到和悦的鸟声、欢快的溪流，品读到密林深处似水柔情的恬静，以及朝朝暮暮身前身后叮叮当当的锄地声和汗水淋淋的喘息声。//紫阳茶：雨水温情滋润，我在茂盛的茶树下与你温情脉脉双目传情，我在你漫无边际的挂怀中肆意地感受你热烈的爱意。//富硒茶：阳光热烈忩惠，我在光天化日之下与你长相厮守不离不弃，循序渐进地读懂你冰清玉洁的品质和对苦难的关怀。//捋一把原始的素材搓成故事的线条，揉成满腹经纶与思想，焕发青春的光泽。//掬一捧任河秀水烹煮香茗，日月山川、云雾缭绕的巴山灵秀凝聚无边的向往。"

而《紫阳民歌》则从故乡世代传唱的民歌中，品出乡民们的勤劳与坚忍、素朴与仁厚以及那种与紫阳山水一样的"清澈与明净""碧绿与辉煌""悲苦与幸福"。"紫阳民歌，从紫阳堡出发，走过乡民们坚毅的额头，在汗水中挥洒劳作的激情，从肩挑背扛的茶马古道穿越时光的隧道走进渴盼幸福的心底。一朵一朵开满嫩绿的茶树，泛着洁白的光芒，像一只布谷在典籍的乡村上空盘旋。清脆的啼鸣，饱含阳光和汗水，还有茶香，默默地渗入我们的内心。从山民坦荡而宽广的内心，我看见一条未经污染的汉江从我面前缓缓流过。"

值得重视的是《有关白果村的家族史》这样一篇体式卓异、内容厚重，具有民俗史与社会变迁史意义的重要作品。该作品将家族繁衍与地方变迁、社会风云与时代沉浮、个体际遇与族群命运、家国信仰与天道人心融于一篇之内，既有传记之体，又有史诗之风，可谓对散文诗体式与题材、容量与内涵的一次大胆尝试和有效突破。

在对故乡青山秀水一再描摹的深情绘彩之后，陈平军并没有止于怀恋、浅于颂扬。作为故土大地上与乡亲们相距最近的赤子，他在文字中存留了家乡医治苦寒的秘方，"用所谓坚韧的核做药引，医治老家的疼痛"；他记下了一个人关于艰难生活的心灵史，"而夜，……像村口那无言的老井，淹没了奶奶吃力地迈着身子汲水的单薄身影，父亲来不及向外张开的笑脸和爷爷那倔强挣扎的手势。"在时代变迁的隆隆脚步声中，他不无担忧地陷入村庄一再退守的忧伤中，"退居在城市的屋檐下，端坐在空荡荡的客厅中的母亲，坐在日渐消退的落日余晖中，坐在世事中央，到底能不能镇守住我的故乡？"

二、说与风尘

在我看来，陈平军是位自觉自明的诗者。这样讲，首先缘于我拜读其《心语风影》的整体印象；其次缘于他在散文诗集的后记《我以为》中的坦率自述："我习惯了随心所欲，写作过程中，没有刻意去追求文体的纯粹性，诗性不够，散文的特性多了些，自我精神的展示多了些，社会深层次的探求少了些。"一个成熟作者能够在自我文本的观照中不自满且词锋犀利，这当然是一种品格的诚厚和心灵的纯粹，更是一种艺术的自觉和文学的自明。在一再阅读平军的文本之后，我承认他所有的自述与自评虽然谦逊成分居多，但真诚不容怀疑。但是，同样的一种文本，实际和内容呈现却可以有着另一种的阐释和体认。而这些正是我想谈的东西。

在"旅痕"一辑中，陈平军借助身在旅途的行走，将此时的沉思从家园带到了遥远和异乡。他看龟城过阳关，邂逅月牙泉亲吻希拉穆仁，夜宿经棚昼行沙漠。一路走来，遇大湖，见花海，谒汗陵，拜古寺，或追问或交谈，亦徘徊亦仰望，频频获得生命的启示。他从行旅间渐渐触摸到人生路径的导引坐标："坚定的脚步昭示命运的坚守，星星的乐园在执着守望的心田里缠绕着梦魇。""我在你宽阔的蓝天下行走，我在你无边的博大中行走，形单影只，但我不孤独。有白云在我的头顶飘逸，有火光在我的心中闪亮。"他也一再窥见万物深处的秘密："历史余音中，一代天骄梦断塞上江南，残余的金黄色的梦魇一直延续至一粒唐朝的沙子深处，细腻、柔软、温柔、清纯、干净得无法想象。"他更在浩瀚与旷远的抵达中，步入深邃宁静："我不由自主地将自己置身于这高深的沉默之内，就像此时置身草原的内心深处，退到所有有关幸福的记忆背面，观看日月星辰自由地穿梭，观看无助的风声敲打岁月的苍茫，心中汹涌着的波涛根本无法惊动草原根深蒂固的死寂。"

陈平军的行走文字其实和他的家园记忆有着某种深层的内在联系和一致性。他拒绝把山水行走涂抹成轻淡旖旎的观光游记和风光颂词，而更愿意以深度的切入细微的触摸，来发现大化与万物隐藏的玄机和哲理，更愿意借此照耀一己心田既有的淤积、黑暗和蠢蠢欲动的新生萌芽。这是一份爱人生的情愫，一种爱尘世的宿根，一种爱生活的元气。行走，寻找，邂逅，沉思，同样的路途于是有了不一样的获得："我在你宽阔的蓝天下行走，我在你无边的博大中行走，形单影只，但我不孤独。有白云在我的头顶飘逸，有火光在我的心中闪亮！"（《亲吻希拉穆仁》）

三、说与露珠

除了阅读文字和偶尔书函，笔者还没有与陈平军有一面之缘。但在我的体认中，陈平军应该是个缄默其口、敏感其心的诗者。尤其是面对他"心语"一辑的时候，那"与茶对语"的掏尽肺腑，那"桐子花开"的脉脉深情，那"从迎春花旁走过"的亦怨亦慕，尤其是"春雪献给南下的妻子"的含蓄中的热烈、深沉中的隽永、素朴中的醇厚："原来你就是这一件正在变旧的衣服啊，虽然在随着时间一起苍老，却越旧越暖和。"让我愈加相信这种判断。文字风格实际上永远和一个诗者的内在品性、美学追求，以及由此融合而成的表达方式密切相关。当万千心语发而为文之际，这种源于新泉的汩汩流淌，往往因其阻遏既久而势如破竹，因其纤毫毕现而细致入微，因其关乎心灵而温润晶莹。

当以文字为管道倾诉心语之时，这些细微、隐秘、私性的话语，只有某个适宜的对象才能触发谈兴，才能诱发倾吐，才能遭遇坦荡。从诗集中看，诗人选择最多的是有耳无口最耐倾听的植物。中国莲、荷花、茶花、桃花，都是诗人最忠实也最倾心的对语者。《一不小心泄露春心的半朵桃花》的忐忑与羞涩、彷徨与忧郁、向往与希冀，花与人、春心与情思都在婉转迂回中泄露无遗。《琴弦上的露珠》中，寸寸衷肠的告白、行行思念的清露，如泣如诉，感人肺腑："是谁站在思念的山头，踮起脚朝我张望？要让我用一生的心力抵达你的内心。……你知道吗？我就坐在村口水井旁摇着辘轳，为你奉上洗涤你内灰尘的甘露。你知道吗？我就伫立你窗外，为你拨开你心头的乌云，让湛蓝的天空映衬你灿烂的笑脸。"

四、说与灯影

细读陈平军，不难发现其诗章贯穿着一种气韵：深层的孤独和寂寞中的持守："从陕南到东疆，从梦境到现实，一朵雪莲花在我的旅程里渐渐生根、发芽、慢慢长大，我知道他会在雪中怒放，在我心中怒放，在我的生命中怒放！原来这就是宿命？"（《原来》）

陈平军是那种在长期寂寞的一隅抱住诗性的圣光走过来的诗者。长期底层生活的目击，个人心感身受的遭逢，要想扶正人生的方向指归和保持灵魂的抗拒堕落，几乎全赖于个体的修持和持续的跋涉。好在，职业中先是与莘莘学子的晨夕依傍和后来与文字为伍的方志编修，让陈平军总算大致上仍然行走在人间清白尚留最多的地带。更重要的是，从求学时代开始，他既矢志不移又心甘情愿，将一年年花开叶落的心绪和风行四季的鸣唱，化为文字，铺设诗章。无数山村夜晚的星汉，渐渐清晰了文字的路径；无数寂寥灯火的映照，镀光了积压太久的情愫，也勾勒出诗人在尘世中孤独而执拗前行的人生镜像。从这个角度看，陈平军的自觉，当然是且首先是一种生命倾诉的需要和必然。而陈平军的孤独歌吟又是一种精神超拔的强悍和甘于在宿命中持守的坦然。也缘于此，他才会在看似俗常的职业位置中站成一棵素朴的幸福树，开自己的花结自己的果并无怨无悔："用知识将孩子们的浮躁铅华洗尽，春天随手撒在孩子们心灵上的种子在夏天开出花朵，秋天收获果实，在漫长而艰辛的过程中，我仔细而幸福地体验着一个农夫最朴素的快乐。"(《在乡下教书》)"与名士对话，感受自己对无知程度的了解。与历史谈心，见证历史诞生的历程，排列万物的伦序。沉淀；过滤，我在清澈的河水里寻找先哲的影子，看岁月的碎片杂乱无序地飘落在历史的河面。"(《我在修志》)

总的来看，在散文诗的创作探索方面，陈平军可谓不断尝试，不断扬弃，不断创新。他牢牢抓住散文诗的抒情性特质，虽遣情以驱文，但情真而自然，凡所流露无不出自肺腑，有所激扬必缘于事物自身所蕴含；他侧重心灵意绪的抒写，并以之达成散文诗内在的诗性，努力避开空洞的抒怀和抽象的辨析，善于借助场景的描摹、情景的构设和意境的提炼，善于通过细节的萃取和诗意的挖掘，让读者在立体的画面、流动的情愫和富于想象的空间延展中体味意旨与诗味；他采用低敛而平和的姿态，将一己人生的体悟和思索流注于字里行间，亲切温润，醇厚绵长。当然，正如陈平军自己在回看创作历程时所谈到的，他的散文诗还存在着一定的薄弱处，比如散文笔法过多地使用，拉低了散文诗诗性的灵动与活泼；比如对生活广阔场域的深入和触及不够，减少了散文诗主题开掘的深度广度；比如语言操持上过于保守，导致整体语感欠缺鲜活性等。坦率地谈出这些意见，其实是信任着陈平军的胸襟也信任着他具备再上层楼的勇气与脚力。

（范恪劼，笔名安皋闲人，郑州某高校教授。有诗文见诸各种报刊及选本和文集。）

从故园漫涌而出的情感颤音和诗性烛光
——陈平军散文诗集《心语风影》品读探骊

潘志远

"中国诗文金点丛书",线装书局出版,三十二开本,五个印张,封面黑底白字:这是我收到陈平军《心语风影》散文诗集的表层印象。薄薄一册,拈在手中,算不得厚重,可一想到这是诗人十年(2005—2015)心血的结晶,这十五万字立刻变得不一般起来。我和平军先生没有任何交往,此次他惠赠大著于我,完全是出于彼此对散文诗的爱好,是情趣相投而产生的交流。常言道,来而不往非礼也,可我没有散文诗集回赠,只能走文本路线,凭借对他散文诗文本的品读探骊,说一说我不成熟的意见。

从快递单上我得知陈平军先生是陕西省安康市紫阳县人。紫阳何地?简单百度之后,知其在陕西南部,汉江上游,大巴山南麓,因道教南派创始人张紫阳而得名,素有"硒谷之乡""汉阳画廊""中国民间艺术之乡""民歌之乡"等美誉。此地夏属古梁州之域,春秋战国属巴楚,秦汉属益州汉中,曹魏属荆州,南北朝为安康,东晋为宁都,唐代为汉阴,五代为金州,北宋为利州路,明代为兴安州,清代为兴安府。一番梳理，心中便已了然：紫阳历史渊源深厚，文风蔚然，人杰地灵。这便构建起我品读此散文诗集的背景，垒筑起我探骊的框架，冥思苦想，或不经意间遽然催生出我的心得和评论的脉络。

一

故乡、故土、故园、故居，倘若不咬文嚼字，应该属于同一概念，指向一致，大同小异。若深究，故园相比于故乡、故土、故居，显然更有诗意。大量诗句可以为证：骆宾王《晚憩田家》有"唯有寒潭菊，独似故园花"；李频《春日旅舍》有"如何一别故园后，五度花开五处看"；韦应物《闻雁》有"故园渺何处，归思方悠哉"；贯休《淮上逢故人》有"故园离乱后，十载始逢君"；鲁迅《自题小像》有"风雨如磐暗故园"；毛泽东《到韶山》有"别梦依稀咒逝川，故园三十二年前"。平军先生一定是深爱故园，且颇得故园诗意之要旨，《心语风影》第一辑"紫阳"便是他故园的名称。故园风物很多，诗人写得最多的是白果村，篇目有《端坐在白果村底部的石磨》《白果村的夜晚》《再一次写到白果村》《白果，白果》《有关白果村的姿势》《有关白果村的家族史》。白果树，又名银杏、公孙树，有活化石之称。其树干高挺，树龄漫长，果实不仅有食用、药用价值，还兼有婚姻习俗及与爱情相关的传说。常被诗人看作故园的象征，或故园的另一重别名，蕴涵着丰厚的文化积淀，因此成为诗人多元化追问的目标。诸如："白果村端坐在夜晚的中央，夜色网一般铺天盖地，萧萧而下，与渐渐上升的地气搏斗，庄稼的气息和牛粪味道争相来做这场战争的裁判"（《再一次写到白果村》）"我这样呼唤着你的时候，略带悲苦的清香就已经不可避免地弥漫在白果村的上空，空旷而持久……"（《白果，白果》）在如此荫庇和蕴藉里，倘若你《走过石板巷》，恰有宿命的偶遇，脑海中就会浮现"到底谁让谁的生活更加意味深长"的诘问；踏着广场的台阶一级一级相同的间隔，恍若"随意弹奏着悠远的琴键，宽阔的音域引领我们走向远方"，忽然领悟到"所有空旷都是一种无处可逃，无所遁形"；继而在《芭蕉亭听雨》，体会到"冷冷的雨丝战栗着一片沉寂，这不是销声匿迹，而是激情的孕育，力量的汲取，是黎明前的黑暗，宣泄前的沉默，更是日出前火红太阳的热量积聚喷发"。倘若此刻再有《紫阳民歌》贯耳，有《紫阳富硒茶》盈口，物质和精神双重提升你生活的品位，淬炼你文字的吟唱，你一定会感到你是一个最幸福的人。海德格尔说，人处于世界的整体联系中，平军践行的正是这一角色，在这个"四维体"中，故园风物很自然地成为他精神和心灵的终极关怀。

二

旅痕，是地理散文写作的思路和模式，很容易坠入游记的圈套。当我看到这个辑名时，就颇有这方面的担心，待读完此辑的二十二篇散文诗后，我的担心放下，也宣告多余。是诗人对故园的深爱迁移到他乡并化险为夷，也是诗人长期培养的生命情怀赋予他多重诗性的视角，从而使他拥有多种抒写的姿态：俯视、邂逅、亲吻、夜宿、探访、路过、不期而遇，追问、交谈、回想、仰望等，一系列情感因素词汇使之与地理散文写作拉开距离，与游记叙述撇开干系，主观、积极、大爱的态度，使他跳开了以物述物、就事论事的狭隘，获得一种言说的辽阔、飞扬的思绪、热情洋溢的诗心和文字。譬如"翻飞的雁影拍打着历史的云烟/疾驰的车轮碾轧这世事的变迁"(《过阳关》)"只有任凭金黄色的思绪充斥着蔚蓝的心田/故事的主角是不是你摇曳的倩影?/情结的诠释是不是你怒放的笑颜?"(《万寿菊花海》)"以拾柴的名义,不要管火苗的高与矮,火焰的旺与盛,就着奶茶的甘甜,牛羊肉的腥香四溢,与闲适来一个亲密接触,与真情来一个无缝连接,与你我的缘分来一次水乳交融"(《妹妹,咱们去过香浪节》)等。情怀,是一个并不深奥的概念,却难以说透。它包括文化情怀、人文情怀、生命情怀;于诗而言,最重要也最为人看重和称道的是生命情怀。它不需要高深的论述,凭文本和语汇便可感知,可判断其高下优劣。"路过普救寺,就是路过爱情的边缘"(《路过普救寺》)"大漠孤烟,我不管直不直/长河落日,谁在意圆不圆/都是摩诘那激情澎湃的心灵激荡,都是我千百年来对母亲河赞美的定格"(《与沙坡头不期而遇》)"克什克腾大手一甩,铺下这块硕大的碧绿的地毯,碧草连天,鲜花遍野,百鸟欢唱"(《贡格尔草原》)……这些充满灵性、活力和情趣的文字,不仅注入了看似不深实际深邃的内涵,滋润了我品读探骊的目光,也一次次撞击我产生共鸣的心扉。

三

人生需要打开,打开之后,才能实现心与世界、心与万物、心与心的对话。此时,什么悠然、急切、流连、沉醉……都是心语的状态,也是最佳陈述、议论、抒情的状态,随着语言文字的潺潺流淌,就会不断涌起情感的颤音。在"心语"一辑里，诗人以《寄茶》《与茶对话》，品读生活、品读爱情、读懂了茶，也读懂了人生。在这里，诗人《与一只老鼠相遇》，写夜和心灵的双重静寂。他在《扫描：一个特立独行的姿态》《从迎春花旁走过》《与窗外的棕榈对峙》等篇中，逐渐打开视野和心胸；他凝视《桐子花开》《琴弦上的露珠》《雨夜赏荷》，甚至絮语《牌局》，撞见《一不小心泄露春心的半朵桃花》，至"我打那铺满一地的相思的青石板小路上一路走来，暮霭的山色缩卷成无法展开的眷念或者笑颜，等你不来，我煮好了思绪的潮水……"（《等你不来》）仿佛已化为情到深处的王子，姗姗来迟，或踽踽独行，都是一幅诗意的风景、现实的画卷，或人生的微电影。

四

相对于其他职业，我以为教育园地、园丁生涯是一个较少有诗意之所在。校园表面喧闹，实质却单调，更多的是寂寞的坚守。不知别人感觉如何，我深陷校园三十六载，偶尔也有过诗性的抒写，但总体看，既不能形成系列，也无得意、成功和优秀之作。陈平军先生也是教师出身，有过二十多年的教书生涯，竟有着数量远远多于我品质也高于我的散文诗作。我从他寂寞坚守窗棂的缝隙里窥见了渗漏而出的一缕缕摇曳、豁亮的灵魂烛光。他的"从四十五分钟的生命季节，小心翼翼地照料这一垄垄正在吐芽、拔节、吐蕾的花朵或者小苗……"（《我的学校》）激起我的回思，并油然而生怜意；他的"一支残烛有机会站在我的案头，一缕烛光得以在漆黑的夜空摇曳，半滴烛泪从信念的高度，从孩子的期盼的眼神流向备课本，流向我的笔下，流向学生的心灵……"（《烛夜备课》）唤醒我的经历和体验，欣欣然而起自豪和快乐之情。而《在街头补鞋》里一句"在世事破损的边缘穿针引线，还是在意念穿孔处打上补丁，都是一件说难也难、说容易也容易的一个转身"，让匠心与诗心豁然打通，颇有"功夫在诗外"的顿悟、"妙手偶得之"的欣喜，顿时使我惺惺相惜，迁爱到校园而无半点悔怨。

"心语风影"，区区四个字，很难揣透。放下"心语"不言，单"风影"二字就足够让人琢磨。风，风土、风物、风俗、风情、风味……似乎都有，而又不拘泥；影，留影、掠影、浅影、影像……不限于此，似乎还有其他。总之，不是捕风捉影、空穴来风、浮光掠影，而是真诚、素朴，甚至十分向实的捕捉和抒写，是生活中的拣拾、是记忆的拼图；且有命名越简单，外延与内涵就越宏阔、越丰富、越能令人揣想的功能和况味。

我与诗人素无往来，不知他的性情，但凭这部《心语风影》，再凭古人"文如其人"的论断反推，似乎能得出一个判定，即直诚。直诚是为人处世的优秀品质，但迁移到为文上来，就不好恭维。虽然诗人努力避开对故园风物叙事的路径，以及他乡旅痕游记的窠臼，但走得不远，还留有一些痕迹和影子、超然思维、天马行空式的想象不多；在潜词上，多安于规范，近乎板滞和素朴，少有弄险的雄心；文体意识不够鲜明觉醒，总体面貌趋于单一，直觉、妙悟、禅悟、玄览等非理性特征等不多见……谈到此，忽然想起老家两句俗言：站着说话不腰疼；说在人前，落在人后。赶忙闭嘴，上面所说陈平军先生的不足，也恰恰是自己的不足，在此大言不惭，绝无贬低大作之意，只想拿来共勉。

想到王安石"看似寻常最奇崛，成如容易却艰辛"（《题张司业诗》）的诗句，在合上《心语风影》的一刹那，我心里已充满敬意和祝贺。我国散文诗滥觞于五四时期，迄今已有百年，仍被认为是一种不成熟的文体，争议最多，文类边界仍不够分明。或者换一种说法——在路上。这便意味着它还有很大的创新空间和升值空间。也许我前面的苛责，非但不是诗人的缺陷，恰恰是散文诗应该拥有的一种面貌和一种状态。自由是散文诗的灵魂，也应该奉为散文诗创作的圭臬。散文诗的诗形，比自由诗还要新些，也可以说是自由诗以上的自由诗。若如此，大家都奔着自由去，毫无拘束地下笔，心里抛开这样那样的羁绊，进入散文诗创作的巅峰状态，焉能不多出精品？散文诗创作的最佳时期业已到来，老骥伏枥，虽可志在千里，但散文诗灿烂辉煌的明天毕竟要寄希望于后生。后生可畏，于我们一辈是压力，也是由衷的窃喜。

二〇一八年五月五日于霞蔚居

像醇厚的紫阳茶一样真实地存在
——读陈平军散文诗集《心语风影》

李俊功

这样一本书，像一杯紫阳茶一样，散发着甘醇的香气，留住了诗歌和诗歌的心——《心语风影》是诗人陈平军先生创作的最新成果。这是另一种意义上的存在，为此，我已经阅读到诗人驭着蓝天一样阔大的情感，在他熟悉的乡土上，望穿虚无，确信自然，灵魂自语。

他有着浓厚的家乡情结，有着对于时间赐予的风物万种恋恋不舍的情缘；他欣喜于这片日夜心护的山川草木，哪怕是一片小小的绿茶叶子，哪怕是一丝随意啼鸣的鸟声，哪怕是"爷爷的一张老照片"，均以爱的致意，化作了他的散文诗语，便在他的回忆里留下永恒的痕迹，——宛若"一个人的马匹"，要"拴一个若隐若现的激情"。

正是爱的力量和对于散文诗技艺的熟稔把握，使他歌吟曼长，诗意浓烈，找到了一条回归故乡和自我本质的秘密途径。

他的抒写是在发现家乡隐秘和呈现的岁月飞逝下的内心和物化的流变，记录着具有地方主义特点的人文历程：他的被感动，他的被人间真情般的花海淹没的悲喜。我读到了"牵动着秋风呼啸着我的记忆的奶奶,一枝竹竿摇曳着脆生生的秋风,搅动着左右摇摆不定的大脚裤管",(《秋风中的奶奶》),"风啊,如果可能,你就轻些、再轻些,请带动我无边的思念和牵挂,柔柔地拂过她真实的梦境,透过内心的月光,映暖母亲沧桑的脸庞"(《风啊》),"面对目不识丁的母亲,我的诗歌黯然失色。面对受苦受难的母亲,我的叹息何足挂齿"(《梦见母亲》),多少次爱的感动!也读到了"那就涅槃吧,把这幸福的忧伤吟诵成无边的花阴,滴落成阵阵花语,充斥你无悔的枝头"(《一九九六年的茶花》),"无论哪一种状态,都是我充满沧桑旅程的真实写照"(《等你不来》),"那松柏般的男子还在茶园里的某个角落掏出白手帕,或者捡起你被树枝挂掉的蓝帽子,向你挥舞着岁月的青黄"(《母亲生日夜:关于爱情的片段》)。多少次情的涌动!还读到了"不敢停留,的哥,你也像我一样吗?那就直接奔向西北最大的医院,以最快的速度,挂号、买药"(《车过康复路》),"你看,我不小心滴落的血,无论成什么样子的图案,它都是我在这茫茫雨夜点燃的一盏永不熄灭的马灯,挂在孩子们心灵的窗口,帮助迷路的孩子,找到回家的路"(《雨夜改作业》),"今夜我没有对手,所以我必须自斟自饮,对我的孤独谢罪!"(《今夜,我对着荧屏宴请红军战士》)。多少次真的聚焦!

唯有真性情的写作,才有善与美的意义存在。

文学的创作来源于生活,又高于生活。诗歌也是这样,之所以说它高于生活,就是因为它能够将生活的美好大众化,让生活的现实更真实化。让我们保持清醒的头脑、敏锐的视觉,因为这样才能不断发现生活的美。

平军君的诗作里既保持了诗性和诗意生存的传统模式，又进入一个更高的幻化境界。

它把对于故乡、故土的情爱化作具体时间的纵横向，在每一细小的物事间感知诗人一贯的热爱和坚持。这种热爱和坚持已经深深地渗入他的骨髓和血液中，融入生活的每个细节，沉淀为生活的艺术表达。这样的有为是一种诗歌的精神，也是一种文化的精神。

在当今社会，充斥着喧嚣与浮躁，而平军君坚持不懈地跋涉在"诗意的茶山"："品读到密林深处似水柔情的恬静……我在你漫无边际的挂怀中肆意地感受你热烈的爱意……"（《紫阳富硒茶》）执着于自己的人生追求和对散文诗持久的挚爱，不炫耀，不张扬，不做作。他的质朴与勤奋，像他的散文诗一样可贵。

在谈论他的散文诗之前，我想到了当前中国散文诗在批评方阵中的挺拔力度和探求多样性和创造力方面的可喜的跨越。

在当代中国文学界，对散文诗文体的认识，有一个十分艰难的过程，直到现在才逐渐达成一致：它首先是诗。它的本质特点必须是诗性饱满。而非之前有些人浅薄而错误地把散文诗理解为散文与诗歌的简单结合那样，说什么散文是它的外衣，诗歌是它的本体。其实在国外根本就没有什么散文诗和诗歌之分，他们是把散文诗当作诗歌看待的，只是排列形式稍有区别而已。这样说来，散文诗怎么写，自然是非常清楚明了的事情，绝非一些人自以为散文诗易学、易写、易普及的不负责任的论调。这样的论调导致大量散文化倾向的所谓散文诗的无数次复制，贻害无穷。

真正的散文诗，有其先锋性和前瞻性。这决定了散文诗的写作难度：它是一种确不易写的诗歌文体。还好，经历过不断的磨难，它在突变和演进。加之中外文化的交集、碰撞、嫁接，散文诗已然进入多元化写作状态，散文诗板结的盐碱地出现了郁郁葱葱群树竞举的景象。广大的散文诗作家汲取着不同的营养，展现着不同的创作风格和能量，从人生经验和技术文本的拓展上，鼓翼了散文诗审美的跨越，刷新了人们的阅读经验。

他们采取了式样不同、创新各异的感动方式，放大了散文诗需要"异化"的功能，所以说未来的散文诗有望，就在于此。

我一直提倡对现代诗精神，当然包括散文诗，群起而上或者说一脉相承的探索，进一步挖掘到散文诗先锋的深层和广远的秘密，必须超越肉体和现实带来的思想局限和认识度的狭隘，杜绝散文诗的踏步、滞后和倒退。

所有从事散文诗创作的作家，都有这份责任。写作者只要坚信固秉执抱，终能刓琢器成，还可用我们的智慧和心思给我们内心喜爱的散文诗重新命名，让错轨的散文诗回归诗歌奔驰的无限车道。

陈平军先生也在此做出了他积极的努力。"爱你，就从你多元的磨心开始，从并不宽阔的外延去寻找隐约闪现的黎明的曙光开始。"（《从什么地方开始爱你》）这仿佛他对散文诗发出的爱的深切呼唤。

他的散文诗根植故土，写出了对于那片热土无限依恋的情感，且放远目光，走过陌生，达临心灵的契合。

他在一篇创作手记中写道："先辈们那无比坚韧而与命运抗争的面孔，在社会变革中奋力前行的脚步，始终在我生命里清晰而又模糊地呈现，面对一个个普通得不能再普通的小人物的命运，他们的或者是我的迷茫，又要在哪里找到出口？于是，我试图用诗意本真来找到答案，我知道，我还在路上，一切都是未知。"(《有关白果村的家族史》)我仿佛看到了一个踏着松软的泥土，迎着故乡温馨清风的年轻人，正在当下和未来的散文诗领域间感世抒怀，其汹涌激荡的现实主义精神在散文诗中绘影绘色。

他在后记《我以为》里，也写出了对于散文诗写作艺术的个人见地，这可能是他出于谦虚，在此委婉地表达自己写作散文诗的初衷和目的。我虽然不能完全赞同他的观点，但他于此所体现的担当、坚守和探索精神，确实是值得肯定的。"牢牢握着，决不松手。直到那些遍布大地的根须最终挽住时光的脉搏，长出粗壮的枝干，伸展在广阔的天宇，面对绵延不绝的梦想呼风唤雨。"(《有关白果村的姿态》)其实这更是散文诗人平军君奋力攀飞的写照——"我可以，能坚持，能继续，这就够了。""我仔细而幸福地体验着一个农夫最朴素的快乐。"(《在乡下教书》)

平军君的散文诗，注重对于平凡物事间不平凡的情感的挖掘、叙述中的抒情，以及对自然的敬畏，真挚、热烈、厚重；特别是在熟悉的事物中运用恰切、新颖的比喻，即刻提升了修辞所蕴含的深邃力量，不难看出他对于写作有着自身的希冀与追求：每一句、每一字，无不体现出他的大爱、大关怀，有着山水之间诗人所极力表现的或可达或不可达的神奇妙境。可以说，故乡的每一寸土地，每一朵鲜花，每一缕春风，每一次的日出日落，都饱含着诗人无际的灵感和情怀。处处皆景处处诗，处处诗意留心间，心存挂念，斯人斯物，都在传达着诗人创造的诗歌的温暖，虽无古代诗人要求的文章天成妙手偶得的绝佳效果，但也恰恰彰显了诗人独到的文心墨性。

　　从文化的历史考察，真正的诗歌实际上是各种艺术形式中比较显功力的一种形式。这种艺术形式决定了诗歌和美是相毗邻的，如何做到既有内在的思想美，又有外在的尽善尽美，做到对词语惯性的打破与重组，以及对重蹈覆辙的重复式模仿的超拔，真正达到古今中外文化的激烈碰撞，则需要对每一位有担当的诗人进行深刻考量，需要每一位力图突破自己的诗人深入思考。正如平军君所写的"坚定地长在中国最基础的一个小山村，即使在风雨如晦的日子里，也始终保持一种众人仰望的高度"（《烛夜备课》），说出了他的散文诗所具备的独有的力量和特点：心之语，情之浓，爱之深。

　　我喜欢这来自母语的爱之根本和源泉！

　　正是这样，我们才拥有了繁茂的生活希望。

2015年12月10日于开封

　　（李俊功，河南通许人。河南省散文诗学会副会长，开封市作家协会秘书长，开封市诗歌学会副会长兼秘书长。作品散见《诗刊》《星星》《散文诗》《扬子江诗刊》《青年文学》《延河》《青年作家》《山东文学》《新世纪文学选刊》《诗潮》《诗歌月刊》《诗歌》《诗林》等；入选《中国年度散文诗》《新中国60年文学大系》《中国当代诗歌导读》《中国散文诗90年》等多种选本。曾获"东丽杯全国鲁藜诗歌奖""中国散文诗天马奖"等多种奖项。出版诗集《梦园》《弹响大地风声》《长昼》《五种颜色的春天》（合集）等；主编出版《河南散文诗九家》《中国散文诗12家》《中外散文诗60家》等。）

一颗晶莹的诗心
——读陈平军《心语风影》

郭军平

  林语堂先生在谈到读书时有一段论述："人之初生，都是好学好问，及其长成，受种种的俗见俗闻所蔽，毛孔骨节，如有一层包膜，失了聪明，逐渐顽腐。读书便是将此层蔽塞聪明的包膜剥下。能将此层剥下，才是读书人。并且要时时读书，不然便会鄙吝复萌，顽见俗见生满身上，一人的落伍、迂腐、冬烘，就是不肯时时读书所致。"以我所见，读书如此，作诗亦然。

  一个诗人能时时保持一种青春气息而不受年龄、世事、俗务遮蔽，着实是一件了不起的事情。大凡诗人，于青年时期多见，彼时才情如火，诗心晶莹，清澈如水；当岁月渐迁，年岁增长，即刻诗心见老，犹如鹰翅，难以再搏击长空，翱翔万里。然而读了陈平军先生的《心语风影》，又让我改变了以上认识。陈平军先生是一位不多见的保持晶莹诗心的作家。他的散文诗依然充满着青春气息，他的内心依然保持着最初的"童心"。

  以他的年龄而论，不惑有余，天命不及，人生可谓已年近半百，儿女也当已到了青春妙龄。作为年近半百之龄，苏轼尚称自己为老夫，韩愈呢，也在《祭十二郎文》中写道："吾年未四十，而视茫茫，而发苍苍，而齿牙动摇。"作为现代人，即使生活条件再好，但四十一过，毕竟也已经是强弩之末，英气不再，毕竟几十年风雨沧桑的磨砺，饱经忧患的人生阅历，几乎都有南宋词人蒋捷《听雨》中"而今听雨僧庐下，鬓已星星也。悲欢离合总无情，一任阶前点滴到天明"的心境。谁知，读陈平军的散文诗，却无半点顽腐之味，而有青春葱茏之感。这恰如一只一直保持劲健翅膀的雄鹰一样，依然搏击长空，翱翔万里。

请看他的散文诗多么像一首首轻盈清新的抒情诗；玲珑精巧的诗心语言，多么像串串精心打磨的珍珠。以《紫阳富硒茶》为例："紫阳茶：雨水温情滋润，我在茂盛的茶树下与你温情脉脉双目传情，我在你漫无边际的挂怀中肆意地感受你热烈的爱意。富硒茶：阳光热烈怂恿，我在光天化日之下与你长相厮守不离不弃，循序渐进读懂你冰清玉洁的品质和对苦难的关怀。"他以融情入景的移情写法，把对紫阳茶、富硒茶的无限爱意比作一对含情脉脉的恋人、长相厮守的夫妻，其情之痴，其情之烈，何曾落于青年之后？而这样的诗句，谁又能想到是出自一位年近半百人之手？精致对仗工整的句子，举手投足间便可见诗人一颗玲珑剔透的诗心。

他写《紫阳民歌》，大胆表现男女青年对爱情的追求。如："我看见郎在对门唱山歌，姐在房中织绫罗，姐妹在河边奔跑嬉戏。她们把洁白修长的手指连同无法猜透的心事插进河里，按住春心荡漾的波纹。"爱情是青春的象征，也是诗心活跃的体现，更是童心不老的体现。这对于诗人来说，至为重要。著名美学家王国维在《人间词话》中写道："词人者，不失其赤子之心者也。"倘若如林语堂先生所言"受种种俗见俗闻所蔽，毛孔骨节，如有一层包膜，失了聪明，逐渐顽腐"，便成不了诗人。写作者唯有"将此层蔽塞聪明的包膜剥下"，才能作诗，能将此层剥下，才是诗人。并且要时时作诗、读诗，不然便会"鄙吝复萌，顽见俗见生满身上"，一个人如果"落伍、迂腐、冬烘"了，那就万万作不得诗歌了，更做不成诗人了。

我看陈平军先生不是这样的人。他在《走过石板巷》中写道："眼神无比深邃的青石板小巷，你能不能告诉我，我们——这注定的偶遇，到底是谁让谁的生活更加意味深长？"邂逅的爱情，不期而遇，充满晦涩，充满迷离，充满怀恋。而这其中的味道多么像戴望舒《雨巷》中遇到的那一位女郎！也许这样的生活我们每个人都会遇到、都曾经历。生活中常常有那么一种不可捉摸的爱情，特定的气氛，特定的眼神，彼此相互的吸引，却又不能表白。长长的遗憾，就如夜空两颗流星擦肩而过。注定，这是一个美丽的错误！诗人把这一瞬间的意象和感情捕捉下来，令人赞赏！

诗集中，像这样充满激情的散文诗比比皆是。散文诗，从灵魂上看，更近于诗的品质，而要写好散文诗，就更离不开青春与激情、爱情与幻想。因为只有这样，诗人才有可能与世俗保持距离，才能写出青春如火、爱情如初一样的美文。但愿作者这一颗晶莹的诗心永在！

把生活酿造成诗
——读陈平军《心语风影》

郭军平

一

艺术家仿佛拥有两个世界，一个是天堂，一个是地狱。他们一只脚踩在地狱，另一只脚踩在天堂。

二

把生活酿造成诗，仿佛是诗人的专长。他们一方面感受到尘世的痛苦，另一方面却又像辛勤的蜜蜂一样酿造生活的甘甜。他们生活在尘世间，却又不甘于尘世的寂寞，把尘世拨弄得五彩缤纷；普通人不会去关注他们的世界，他们却关注普通人的世界；他们以生活为乐、以艺术为乐，生活本来很苦，普通人收获的是短暂的快乐，他们收获的却是长久的快乐。

三

天地间藏匿着无穷的奥秘，自然就是一幅无比杰出的艺术品。欣赏他们的人，就是自然的知己；漠视他们的人，就是自然的敌人，也是艺术的敌人。普通的人生活在天堂里，也是地狱，艺术家就是生活在地狱里，也是天堂。把人当作物，把自然当作人，换个眼光，就拥有两个世界。

四

孤独是一种境界，对于艺术家是一种快乐，对于普通人是一种痛苦。艺术女神青睐耐得住寂寞的人，常常把他打扮得花枝招展；厌烦艺术女神的人，想着办法把寂寞打发，艺术女神最后给他留下一片荒漠。

五

爱我所爱，求我所求，一切执念，抛之身后；心灵快乐，一切快乐；心灵痛苦，万念俱灰。心有，一切皆有；心无，一切皆无。岁月改变的是年龄、容貌、健康等等，唯一不能改变的是心灵的坚守。心在，爱就如初；心在，永远如初。

六

我把生活打凿成艺术，生活也把我打凿成艺术家。我为人们创造一个世界，人们也给我一个崭新的世界。生活从来都是公平的，没有谁亏欠谁的；与其埋怨生活的不公，不如看看自己是否亏待了生活。

七

我没有能力改变世界，却有能力改变自己。与其追求外在的富有，不如追求内在的丰富。当思想和意象如森林般茂盛，我的生活就不会沙化。倘若让我拥有一本书，我的世界就灿烂无比。

八

背弃故土的人，故土也会背弃他；背弃生活的人，生活也会背弃他；背弃书本的人，书本也会背弃他。没有一个无根的艺术家，艺术家都是家乡的百灵鸟，来自大山的，自然有大山的品格；来自大海的，自然有大海的心胸。

九

艺术之镢向深处开掘，思想之泉才会喷涌。我不重复自己，但每前进一步，都是对自己的磨砺。艺术的大门已经向我打开，我将张开怀抱拥抱她们。记住，这个世界总有欣赏你的人，命运之神总有一天会降福于你。

心语流淌在你我的心田

钟长江

参加今天"两城共读一本书"活动,我很是高兴。一是平军给各位签赠了他的新书《心语风影》。该书甫一出版,即得到了圈内圈外的一致好评,很快就销售告罄,应广大读者的要求,作者又紧急加印。在这个文化多元化的时代,在这个上班看电脑、下班刷手机的时代,在这个"我很累、我很烦"的心浮气躁的时代,一本书的出版,抛却一切外在因素,就凭自身的成色得到读者发自内心的喜欢,是难得一见的。对于写作者来说,读者的认可就是最大的褒奖和成功。平军是我多年的兄弟,做人特诚恳,作文特认真,做事特坚忍。从乡村小学教师到县志主编,从《边走边唱》《好好爱我》到《心语风影》,平军每一步都走得踏实,步伐无论快慢大小,总是在向前,总是在上新的台阶。值得一提的是,平军在主编县志的同时,对续志编修工作进行了深入思考:今年元月西安地图出版社出版的《续志修编实践与探索》一书,就是他多年来编撰、思考和研究地方志事业的学术结集。正如他自己所说:"当一个人的爱好与工作完全重合的时候,应该是一件幸福的事情。无疑,我是幸运的。所以,在修志编鉴的岁月里,总是尽最大努力把自己手中的事做好，多学习，多思考。"文学创作需要的是想象力，续志修编更多的是求真求是，平军触类旁通、融会贯通，把感性思维和理性思维运用得风生水起、相得益彰，正应了云层上面都是阳光的说法。平军可以说是干一行爱一行，干一行成一行。其学思践悟精神让人钦敬。因科学的求证精神、丰硕的研究成果，平军入选安康市修志专家，陕西省二轮市县志审稿专家，中国地方志专家库地方志专家。

二是今天来了这么多的老师和朋友，可以说是群贤毕至。熟悉的或不熟悉的，见过面的或没见过面的，我都心生向往，都听说过每一个人的名字，想象过每一个人的音容笑貌，今天因《心语风影》相聚一堂，这也是文化的魅力和缘分。

三是平军与我相知多年，他出身农家，忠实拙朴，心地善良。相同的心性，相同的爱好，天长日久自然就有了情感和信任。冲着这份情感和信任，我就不揣浅陋和冒昧说以下三点，不妥之处，敬请方家指正。

第一，平军的视野是宏阔的。平军对养育他的故乡，是有着深厚感情的。这种感情，就像我们每日一见的瀛湖，湖面波平如镜，湖底暗潮涌动。他试图用文字记载过去、歌唱当下、诠释未来。在他的笔下，故乡是一幅中国画：宁静幽远，山水闲适。更为可贵的是，平军并不一味拘泥于所谓的乡土，从故乡到远方，屐痕处处，留下了讴歌祖国壮美河山的优美篇章，心有多远，理想就可以走多远。平军"既随物以婉转，亦于心而徘徊"，他目光所及、耳力所闻、心之所感、情之所动，山川河流、大道小径、蓝天白云、冬雪夏雨，春华秋实、禾苗花卉、虫鱼鸟兽、日出日落、朝霞黄昏，风俗民情，民间传说……在我们司空见惯的诸物诸景中，挖掘出怡人的诗情画意和别开生面的哲理。平军有着独到的审美眼光，他看山是山，看水是水；看山不是山，看水不是水；看山还是山，看水还是水。正如《菜根谭》中"帘栊高敞，看青山绿水吞吐云烟，识乾坤之自在；竹树扶疏，任乳燕鸣鸠送迎时序，知物我之两忘"之境界，平军走读山水，在走与读之间寄托理想，放飞梦想，编织一篇篇锦绣文章。

故乡情结，家国情怀，坦露平军心底最温柔的部分。那些涓涓的思念、悠悠的怀想、款款的放牧，犹如隔岸的歌声、明灭的渔火、朦胧的月光，拍打着瀛湖船头的轻浪……

第二，平军的情思是绵密的。平军是饱含深情的，无论是对生活、自然、社会，还是人生，他都有自己的善恶指向。抨击，其实也是爱，只是来得更为深沉。平军笔下的文字，既温润可人，又棱角分明；既诗意盎然，又犀利睿智；既妙趣横生，又博大深沉；既清风明月，又激浊扬清，无不彰显独特的文化品位和独特的文化特征，以及一种超脱的浪漫情怀和大无畏的批判精神。他的文字虽说不上字字珠玑，可也篇篇闪烁着思想的火花。

在这个多种生命形态构筑的世界里，每一个生命的来来往往以及它的诞生、存在、亲情、爱情，甚至死亡，无论是幸福，还是痛苦；无论是恒久，还是短暂，都是我们体验生命过程中不可复制的一道道风景线，是红尘世界里灵与肉精心镂刻的一幅幅独立的画面。在情感色彩强烈的认知下，寻找我们精神的家园，栖息我们奔波的身心，剔除我们世俗的陋见，寻找生活在我们心灵所留下的一道道生命划痕，是现代人，尤其是青年作家们审美的目光投射出来的一种深切的关注。

第三，平军的文字是纯粹的。平军的文字干净、洗练、温润、光洁，像雨后的天空、月下的银器。无论蝉鸣如何汪洋恣肆，平军的文字依然是清凉的，有着让人安静的力量，因之他的书也具备了纯粹的品质。观事观物富于想象，构思谋篇注重意境，用笔轻细，却色彩绚丽；行文舒缓，却引人入胜。它需要读者的互动、思索和体悟。也许你会在一个春愁的黄昏，或者一个失眠的夏夜，找出一本捧读一番。书中对故土山水的依恋，对亲情友情的怀想，对社会善良的礼赞，对现实丑恶的鞭笞，对人文的关怀，对崇高的托举，充满了理性，充满了思辨，充满了哲学，无一不展示出文字本身所具有的打动人心的力量。

书如同人一样，并非每一本都会使你想和它交往一生。很多书读过了，放下它，便像放下了你的昨天。它或许是你明天的养料，但你不会念念不忘地想着它。

然而有些书，却是不可能放下的，哪怕作者本人都放下它乃至否定了它，而你，却总会在某个时候想起它，再去找它、读它、与它对话、赋予它新的活力——于是，它便又一次成为你精神世界里的一个契机，一个促使你成长、也和你一道生长的伙伴。这样的书，我才称它为良师益友。恰如茫茫人海里吸引你目光的人不会太多一样，这样经得起反复阅读的书，也不是那么多。我想，不是好书太少，而是我们的生命太有限：如同只有把人类抽象地当成朋友，我们才能具体地去爱其中的一部分一样。

平军是从人格出发，从心灵的道路上通往文学的，是爱培养了他的品格与美感。对他来说，写作就是人格的实践活动。这种追求人格与艺术创作一致性的品格，使他拥有了经典意义上的艺术生命。与其说他找到了散文诗这一形式，不如说这一形式正好适合他，适合他那罕见的质朴，适合他对存在的追问，以及他对生命万物的关怀和爱。

让稠酽的情愫在纸上飞扬

——陈平军散文诗集《心语风影》赏析

陕南瘦竹

在陕西紫阳县的文朋诗友中，长期在工作之余见缝插针，用心专一、矢志不渝地潜心从事散文诗创作达二十多个春秋的诗人，陈平军毋庸置疑是最耀眼的一个。一个除了工作生活之外，一门心思从事散文诗创作的人，先后出版了散文诗集《边走边唱》《好好爱我》和现在我手里捧读的还散发着缕缕墨香的散文诗集《心语风影》。由此可见，诗人的创作几乎从未间断。从他的教师经历与创作历程中，我们清晰地感觉到，诗人对散文诗写作用情之深！也许是熟能生巧，也许是天资聪慧、领悟力强，反正，陈平军在对散文诗的不断探索与求新中，完善着自己，壮大着自己，雕琢着自己，诗歌的缪斯之神已经光顾了他的门扉，为他捧来了诗歌的鲜花果实和美酒佳肴。那一枚枚鲜花果实和美酒佳肴，就是他的一首首乡情浓郁、情景交融、令人醍醐灌顶的散文诗佳作。这些佳作一次又一次荣登全国核心期刊《诗刊》《星星》《散文诗》《散文诗世界》等刊物；接连被收入《2011年中国散文诗年选》《2012年中国散文诗年选》《2014年中国散文诗年选》《2015年中国散文诗年选》等，并成为2016年屈指可数的中国散文诗诗歌排行榜中的重量级诗人。

诗集《心语风影》，精选了诗人陈平军2005年至2015年十年间所创作的散文诗佳作八十余篇。其实诗人的诗歌精品远远超出诗集所包含的内容。在夜深人静、寒气袭人的冬夜，我静心赏读诗人的一首首作品，如品尝一杯清香扑鼻、芳菲四溢的佳酿香茗，沉醉其中，玩味无穷。细心揣摩陈平军的散文诗，其诗歌风格有以下特色：

浓情蜜意，令人销魂。请看诗作《紫阳富硒茶》中的句子："紫阳茶：雨水温情滋润，我站在茂盛的茶树下与你温情脉脉双目传情，我在你漫无边际的挂怀中肆意地感受你热烈的爱意。富硒茶：阳光热烈怂恿，我在光天化日之下与你长相厮守不离不弃，循序渐进地读懂你冰清玉洁的品质和苦难的关怀……泡你，是泡不完的世间甘苦；品你，是品不完的人生百味。泗开的茶叶，踮起脚，击打节拍和着心音，浅浅吟唱，诉说着聚合离散的人生……是谁，使我想起，茶马古道上健步如飞的汉子，在苦难中重提流泻的往事？是谁，让你看见茂密茶园里身姿婀娜的阿妹，在嫩绿中勃发涌动的春心？"好个陈平军，原来天生少言寡语的他，都把一腔痴情爱意倾泻在一行行诗句里，喷涌在一排排恋家恋山恋水恋茶的隐喻修辞里。

情随画走，画融情意，是诗人作品的又一特色："奇山，雕琢的是山民奋斗的剪影；秀峰，绵延的是乡亲前行的姿势。高耸入云，上要比天高，还是要把无尽的拼搏融进大巴山浩瀚的长河里？如果能把坚定的步伐另存为茂密葳蕤的枝丫，与漫山遍野的野花那隐藏无法预知的阴谋搏斗，谁是时光里的赢家？"（《我的毛坝，我的关》）情是对景的反映，景是对情的启迪。景是什么？景就是生活中的真实画面，就是启发心灵的迷人风景。诗人把情融入一幅幅美丽的大自然的杰作中，又从画面中将情感恰到好处地准确表达出来。

　　在自然的抒情与画面的造境中，让自己的心灵感悟得到充分的呈现与释放，是诗人用诗句、用画面、用写作手法都难以完成的诗歌技巧。那就是无论你的写作技巧多么高超，如果你是装腔作势，不痛不痒地进入创作，而没有将心灵融入创作、融入诗行，你的作品是不会感动人、打动人的。譬如在诗作《女儿红》中有这样的诗句："我想为你写一个童话，为你设计一个凄美的情节，为你营造一个完美的结局，可始终找不到最恰当的语言……因为你早已用你的生命站成我的坚硬、柔韧，而有弹性的门楣。"又譬如在诗作《梦见母亲》中诗人写道："面对我目不识丁的母亲，我的诗歌黯然失色；面对受苦受难的母亲，我的叹息何足挂齿。我只企盼我这首苍白的诗歌能郁郁葱葱地成为你锄边的庄稼，让它长成无边的眷恋，让你感觉；你不孤寂，你锄边的青苗都是我的铭记。"这来自心灵的诗句怎能不感动人、打动人呢？

　　陈平军的散文诗都是用情至深、用心至真的作品。这里我就不多说了，读者们在阅读过程中会慢慢地感悟到。同时在诗人作品中呈现给我们的还有诗人对岁月、对人生哲理的感悟，对生活清心流畅的叙事，以及对诗歌的含蓄深沉的提炼与不可复制的探索，都是值得我们从事写作的人借鉴和学习的地方。看那一篇篇来自心灵深处的诗句，会时刻陶冶我们的情操，为你落满尘埃的思绪喷洒甘甜晶亮的山泉。当然，他的诗歌作品也有不足的地方，那就是他的诗歌感性大于理性，在思想深度上，在重大题材的驾驭与挖掘上，还有很长的路要走。我们翘首期待诗人在今后的创作中获得更多更大的辉煌成果，为散文诗创作队伍的不断壮大与诗文诗的发展，贡献自己的艺术才华！

人生无法再少年 只愿归来着青衫
——陈平军《心语风影》读后

张朝琴

喜欢陈平军的散文诗,就像喜欢平军兄这个人一样。

接触平军兄的散文诗很早,他的《边走边唱》《好好爱我》就陈列在我简陋的书架上。那些年,在穷乡僻壤的乡村学校,没有手机,没有电脑,甚至连电视全校也只有一台,物资匮乏和精神贫瘠的生活让人倍感空虚无聊,以致意志消沉。偶然得到了平军兄的散文诗集,知道他和我一样同在落后的乡村学校,却没有因为苦难而消沉,反倒是一直勤勉地书写着对生活和生命的感恩,追寻着自己的梦想,我深受触动。于是,我捡拾起搁置很久的笔,记录下心灵感悟,当小文见诸报端的时候,内心的喜悦和满足真的是无以言说。

我们不曾谋面,只在博客上偶有交流。机缘巧合,2009年,我和平军兄一起调入紫阳县档案局编撰第二轮县志。这个诗情满怀的年轻人就站在我面前,他可能不知道,在那些艰苦的岁月里,他的散文诗和他的人生态度对一个年轻姑娘有多么大的影响!一起共事的两年时间,平军兄豁达开朗、质朴自然、淡泊随性的个性,像他的散文诗一样,让人如沐春风。

在办公室里，我们总是第一时间读到他新写的作品，第一时间谈及我们的读后感受。他精益求精地修改，每一首散文诗都像是他的孩子，经过精心雕琢后，以可人的样子出现在读者眼前。我们最大的快乐就是在办公室里，分享他收到的发表了作品的诗刊，一个人朗读，其他人静静聆听，那些夏日里的黄昏是那样地美好，围炉而坐的冬天也那么温暖。

后来因种种原因，我们一起进县志编辑部的几个人都调离到了别的单位，而平军兄却一直坚持了下来。编撰县志是一项繁杂而又枯燥的工作，平军兄却将这项工作干得有滋有味儿。几年时间，他在志书编撰上颇有建树：今年4月出版发行了地方志专著《续志编修实践与探索》；主编的《紫阳县志》（第二轮）历经八年磨砺，也在今年4月出版发行。他个人也被评为陕西省地方志系统先进工作者、安康市修志专家。

业务工作中孜孜不倦，而他在文学创作路上也从未停歇。他像一个追梦的少年一样，对散文诗更是不离不弃，始终充满了不断尝试和创新、探索的朝气。2015年，他把散文诗集《心语风影》电子版发给我，让我给他配上插图。我惊喜地先睹为快，也惊喜地发现，这本集子，无论题材、修辞、结构、手法和风格等，较之《边走边唱》《好好爱我》都有了极大的创新，也越发耐读，恰如一杯紫阳富硒茶，深情而清澈，优美而朴实，甘醇而洒脱。

我尽自己最大所能为那些令我心动的散文诗配上了插图。当散发着墨香的散文诗集《心语风影》呈现在我面前时，我惊喜不已，忍不住为平军兄拍手叫好！

唯有真性情的写作，才有善与美的意义存在。关于《心语风影》的深情、意境、语言我不再多谈，我只想说：写自己想写、写自己能写、坚持写好就是成功，平军兄做到了。

流淌在诗情画意里的乡愁
——陈平军散文诗集《心语风影》印象

方万华

　　我没有写散文和诗歌的天赋，但我爱读散文和诗歌，特别是灵动、短小的散文诗。我追求想要读的作品是：读过其文就如见其人、如临其境，给人以深深的思想感染。因为它说明写出这种作品的作者起码不是一位故弄玄虚、装腔作势的人，是他较好人品修养和文思修炼到一定程度的效应。我读陈平军最近问世的散文诗集《心语风影》就是这种感觉。这本书与他之前的《边走边唱》和《好好爱我》两个集子比较，从视野、境界和文采上都有了很大的突破。这与他阅历的积累和做人、作文的沉淀是分不开的。

　　《心语风影》一书共收录了八十九篇散文诗，除"旅痕"一辑的二十二篇游记外，有六十七篇文章都是写"乡愁"的。给我的整体印象，是发自肺腑的心语，是流淌在诗情画意里的乡音，是与社会同步前行中的深情回望和对家乡蝶变的讴歌。

　　作者始终自豪而低调地把自我融入"乡音"的一个符号，无论是写景状物，还是回首悠悠岁月、记录父老乡亲的悲苦与向往，抑或是自己的人生感悟，都能让读者在悠扬的乡音旋律中触摸到他这个微小音符的律动：

"雨肆无忌惮而铿锵如故地敲打着芭蕉亭，也如一条冷冷的鞭子抽打着曾经碧绿的芭蕉叶，见证着一段风貌的辉煌。而现在的雨一丝一丝地缓缓地飘着，带着回忆，带着聆听，带着铭刻，融入这片日渐丰腴的土地。"只有他这种独特的视听方式，才会写出《芭蕉亭听雨》的历史深邃。

不难看出，历经沧桑、装满故事的白果村是养育他的地方。他几乎写遍了老家的一切，包括那里的老屋、溪流、树蔓、石磨以及那里的人文风情。而在他的笔下没有白描的雷同和牵强的想象之语——

《白果村的姿势》是："直到那些遍布大地的根须最终挽住时光的脉搏，长出粗壮的枝干，伸展在广阔的天宇，面对绵延不绝的梦想呼风唤雨。"

白果树自然是珍贵的树种，其果实能入药治病。而在他的笔下希望医治什么病呢？"那就把对村庄的思恋换算成一种隐忍或者放纵，熬制成一味中药，用所谓坚韧的核作药引，医治老家的疼痛。"

又如作者《与茶对话》的心语流露也显得大气开怀："可你坚定地站立于杯中潇洒地舞蹈着生活，气定神闲地指点我的江山，激扬着我的诗歌，从此充斥着我茶乡的别样生活。"

总之，《心语风影》是一部人生况味之作，对读者的生活态度有一定的启示。

2018年5月18日

文坛新秀 志苑奇葩
——陈平军现象琐谈

方 琛

紫阳是"江山代有才人出"的一方热土，继张宣强、樊光春、李春平、戴承元等大家之后，近几年我的师弟陈平军又崭露头角，佳作频出，令人刮目相看。陈平军是我的同行。他是《紫阳县志》主编，我是《汉滨区志》主编。他续修《紫阳县志》历经十年磨砺，已修成正果，而《汉滨区志》则因先行创修《汉滨区乡镇志》而处在望其项背、紧张追赶阶段。此时读其书、评其人就有着特别的意义。

在上周读书会的发言中，我谈到了平军有三种身份：教师、作家、志家，这与我们很多人的经历相似。但不同的是，有些人职业的更替必然带来角色的转换，把命运的转折割裂开来。而陈平军则能够创造性地把教师的传道、授业、解惑，文学的浪漫、华丽、造诣，修志的严谨、厚重、责任交织在一起，融会贯通，各取其长，达到了得心应手、驾轻就熟、交相辉映、相得益彰的理想境界。这在他的散文诗集《边走边唱》《好好爱我》《心语风影》和他的方志专业著作《续志编修实践与探索》中都有迹可循。

说陈平军是志苑奇葩，奇就奇在颠覆传统、名利兼得上。传统意义上的做学问，耻于言利，貌似清高，重在功名，排斥铜臭。而陈平军既有过人的天赋，也不乏运筹之精明。就拿修志来说，传统修志，被称作"夕阳产业"，现实已是日上三竿，日出而作，我们还沉湎于昨夜星辰爬格子；也被称作"三清"事业，即清贫、清静、清闲。20世纪80年代创修县志时期，校对一张八开蜡纸（两页十六开通排）八毛钱，抄稿子千字一块钱（三百字稿纸要写三页半），无论是给政协写文史资料，还是本单位编稿子，或是报刊投稿，我从来没有得过三位数稿费。1991年8月从安康地区某单位第一次领到三位数编撰费，我激动得快要哭了。我曾经给一位很有名的老学究送旧志断句校点费，薪资之微薄完全激怒了他。他斯文不再，勃然大怒，让我退回县志办。我们安康还算好的，有的兄弟县没钱就拿稿纸、茶杯、特产甚至请吃便饭抵稿费，一张稿纸要写两面。方志人对如此寒酸的境遇不以为然，依然潜心耕耘。21世纪的陈平军让我眼前一亮，看到了一片新天地：同样是一篇论文，我只认准《陕西地方志》或《安康文化》（后者是无偿刊载），而他的文章，鼠标轻轻点几下，就能发往N处，收益颇丰；他勤奋、高产，据说他的稿费远高于他的工资；大多数个人出书，就图个名气、影响，不惜贴钱送人，而陈平军出书有市场、有效益、有卖点，鱼和熊掌兼得，社会效益与经济效益并重。从他的身上，我看到什么叫时代特征，什么是观念更新。作为一名过来人，我开始排斥，后来理解，再后来赞赏他。这就是规律，一稿多投，可以最大范围地传播运用学术成就，为什么不？名利兼得是最高标准的成功，货真价实是"酒好不怕巷子深"。在当今的互联网时代，一篇短文，可发往若干网站，点击量成千上万，名气财气之大，数钱数到手抽筋，你不想要都不行。两千多年前司马迁就说过"天下熙熙，皆为利来；天下攘攘，皆为利往"。俗话说君子爱财，取之有道。既然道亦非盗，何乐不为？！

　　陈平军最突出的特征是，举一反三，业精于勤。陈平军借调到县志办，迄今不足十载，资历不到我的三分之一，却已经撰写发表专业论文四十余篇；参加过数次国家级地方志学术研讨会；主编出版续修《紫阳县志》《紫阳年鉴》，汇编二十余万字的《续志编修实践与探索》一书；荣获陕西省地方志系统先进工作者、被列入安康市修志专家、陕西省二轮市县志审稿专家、中国地方志专家库专家。他的学术造诣主要特点就在于能举一反三、敏思超前；他的专业文章论述立足实践、运思缜密、独树一帜。研究广泛，逻辑严谨，具有前瞻性、实用性和导向性，是方志编修可资借鉴的工具书的特点。笔者已属"廉颇老矣，尚能饭否？"之年，但我欣喜于陈平军之辈的日益走红、渐成趋势。我相信，以他的聪慧与勤奋，他必将在文学创作、方志编修与研究领域攀登得更高、走得更远。陈平军值得期待。

2018年5月19日

紫阳书

太白文艺出版社　2019年11月出版

探索·求变·超越
——序陈平军《紫阳书》

秦兆基

陈平军先生的散文诗创作，一直在我的视域之内，看着他从《边走边唱》《好好爱我》写到《心语风影》，直到最近寄来的书稿《紫阳书》，前后垂三十年。"三十而立"，是一位作家由摸索逐渐走向自树，从人格精神到艺术技巧的阶段。

一

《紫阳书》确实使我看到在他过往的散文诗作中没有呈现过的东西，或者是作为潜质、隐性存在，并未显露出来而为读者感知的因素。这种变化使人欣喜。

诚如本书内容简介中所言：作者始终充满了尝试和创新、探索的精神，力求不重复自己，无论题材、修辞、结构、手法和风格等，都在不断求变。请注意两个关键词："探索"和"求变"。探索，意味着进入未知领域；求变，意味着抛弃既成的格局，以新姿态傲视于人。探索与求变，对于一个作者来说，是一种艰辛的努力，也是心灵和艺术走向成熟过程中不可或缺的追求。如果以"探索"与"求变"为着眼点,细读文本就不难领略《紫阳书》的要义和艺术特色之所在,就不难衡量这部散文诗集在陈平军个人创作中的意义。

怎样才能感知和认识《紫阳书》中显示的"探索"精神和"求变"后呈现出的异象呢?

笔者在读《心语风影》后写过一段文字,似乎可作为解读《紫阳书》的参照系,那篇文字是这样写的:

它(指《心语风影》)不像其他的散文诗作品那样视界开阔,涉墨成趣,只是默默地打量身边有限的世界:丰饶的陕南紫阳小城;生于斯,长于斯,蛰居于斯多年的山村白果;在油灯下默默批阅作业、备课的乡村小学屋舍;朝夕相处的家人,熟稔的乡亲……所有这些,构成了变动不居但幅度又不那么大的乡土社会的情境,亦即带着中国中西部特征的,——聆听到的、期盼着现代化的步伐的逼近,心想奋进而力有不能,焦躁不安而又转复平静。(《别样的视界和表述》)

《紫阳书》,顾名思义,是在紫阳这方土地上抒写的,或者说是为这方土地上所曾有的和现实存在的一切——山岳、河川、建筑、物产、风习、观念形态、活着的和已经逝去的人们:家人、亲人、认识的和未必认识的人——而抒写的。就这点而言,陈君已经不再执着于抒写生于斯、长于斯的白果村、那所执教过的小学,那个可以视为历史见证的"端坐在白果村底部的石磨",他从城里自己栖身的泗王庙巷走出,或是进入陈家老院,面对"超越宿命迁徙"的先人,心生愧意;或是去向汉江之滨,品赏错落有致的吊脚楼;或是来到徐家老宅,寻绎它的前世今生;或是与东城门对视,也算得上"相看两不厌";或是历数瓦房店镇曾有过的会馆群:湖广的、福建的、江南的、浙江的……吊唁沦落异乡不得归去的亡灵；或是为了寻觅育婴堂的遗迹，去向泰山庙，理出有关愚人溺婴和善人救赎的那段历史；或是去悟真观，拜谒紫阳真人，就是那位给这方土地带来了华彩名字的道士；或是盘桓在大排档、钟鼓湾，在烟烧火燎、划拳痛饮，品尝"三转弯""麻辣串"中，历练世情人生。陈君的足迹似乎还不止于此，他来到巴水和汉江的合流处，望云起云飞，看两水汇流激起的浪花；登神峰、凤岭，俯瞰紫阳大地。神驰文笔峰，董理自我痴情文学的万般情怀；涉淇水，神接卫国的贤君、淑妃卫武公、许穆夫人，沉吟于山旁泽畔的曹丕、王维、李白。

汇总起来，一方面，他从相对闭塞的山村走向灵动的诸水汇集、数省鸡鸣相闻的城市，散落的山川、村落和种种历史留存；一方面，他从熟稔的村民、亲人、天真的孩子走向市民、乡民，从他们的行为、话语走向心灵深处。

城镇是"人类社会权力和历史文化所形成的一种最大限度的汇聚体"（刘易斯·芒福德：《城市文化》），从城镇入手能更好地观照一方土地文明发展的程度和人们的精神状态。很有意思的是，陈平军在对城市新貌和世态众生相的抒写中显示出社会的进步与沉滞。隧道，改善了城市的交通条件；快递，便利了商品流通；社会主义核心价值观维系着世道人心，构建了和谐社会。陈平军的诗笔既著录了紫阳这方土地上涌现的孝老养亲、助人为乐、敬业奉献、诚实守信、见义勇为的先进人物，留存了普通人的历史；又从一些习见的镜头中写出有的人精神猥琐、素质有待于提高的一面：泗王庙巷扫地的老大爷对乱抛垃圾者一日复一日的咒骂，麻将馆走出的老头、老太牌局得失的感慨，低头一族的学生妹、打工仔在手机游戏中的沉迷。

陈平军先生一段下乡工作的经历，既昭示着精准扶贫大趋势下，扶贫工作队员的作为和贫困户改变生存状态的强烈愿望的一面，又写出了某些农民积久形成的贪心、狡诈，卖弄小聪明的一面：子女在城里有豪车豪宅，老人还想再沾一点扶贫款去修老房，比穷、唠穷，甚至以穷为荣，作者的笔刺向我们民族集体无意识中的民粹主义残留。这种城市和乡村的沉滞，很容易使人想起鲁迅笔下生活在鲁镇、未庄的阿Q、王胡、小D，尽管一个世纪过去了，文学承担的精神启蒙的使命依然存在。

走向历史的那端，不止于行走，在过往的陈迹中怀想，还在于从文献中搜寻。陈平军比《心语风影》时期走得更远了，从落脚到紫阳的近祖溯向江州聚族而居的先祖，被唐僖宗褒奖为义门的，历数了这个家族经历的几个朝代中所发生的传奇：人的、动物的。描述了在宋仁宗敕旨下大家族被迫分崩离析的情景，《家谱记》就是这段历史的诗化演绎。笔者设想过在这种呈现中，是不是还可以更多点理性的审视，从社会历史的大背景下，予以深层次的考量。因为"只有从现在的最高力量的立场出发，你才有可能解释过去"（尼采），当代诗人可以而且应该有超越古人"一览众山小"的人文情怀，重释历史，实现诗性和理性的交融。

一切真的历史都是当代史，相因、相续、相承的传统与现实，期待着在陈平军的散文诗中会有泯然无迹的结合，实现更为完美的抵达。

二

"探索"与"求变",不止于题材范围的扩大、立意的新颖,还在于表现方式的求新、求异,也就是"陌生化"的追求。前面提到的作者在"修辞、结构、手法和风格"等方面求变的追求,就属于这个范畴。

首先,要提的是结构的求变。结构是艺术家将内在的思绪外化为可感的艺术形象必不可少的一步,是决定作品成败的关键。清代戏曲家李渔,在他的理论作品中将结构经营放在最突出的位置上,提出"结构第一",即将结构经营放在第一位。散文诗与戏剧虽有所不同,不必追求戏剧语言的动作性和情节的环环相扣,但因为其一般比较短小,必须将诗的凝练和散文的形散神聚很好地统一起来,扩大作品的容量。陈平军在以前的散文诗中,往往有将笔墨过多集中于一点,用笔过重的地方。散文诗和写意画一样,细部与整体、意笔与工笔,要搭配得当,要做到"疏可走马,密不容针"。《从泗王庙巷进出》和《瓦房店吊脚楼》,很能显现陈平军结构经营的苦心孤诣,可谓"纳须弥于芥子"。

"二重唱"也不失为散文诗结构方式的创新,即每首散文诗前面有一首诗或者叙述性文字,类似旧体诗词的原作与和作、诗序与诗作的关系。文学作品最好不要只听作者一个人在叙述或吟唱,这种散文诗前加上一段他人的诗文,称得上是一种"复调"。

其次,要提的是修辞,广而言之曰——话语方式的求变。《紫阳书》的笔致似乎放得开了。诗人只有懂得放纵与节制的协调,懂得什么场合该"惜墨如金",什么场合该"泼墨如云",才能创作出完美的画幅来。陈平军《在白鹤村徐家老宅烤火》中,有着很精彩的文字:

> 不过一切演绎都会经过黑漆漆的夜晚的过滤,黑黢黢的"大烟筒"里黑黢黢的火炉坑、黑黢黢的罐大钩、黑黢黢的管家婆、黑黢黢的吹火筒……火炉坑上黑黢黢的腊肉,竹楼下挂着的黑黢黢的大巴山人一生黝黑的时光,最终从大烟筒里化作一股青烟,在石瓦屋顶上飘摇,久久不愿离去。

这段散文诗连用了八个"黑"字,一开始是"黑漆漆",继而是六个"黑黢黢",最后是一个"黝黑"。查一下字典,"漆漆""黢黢""黝",都是形容黑的,并无程度上的不同,但经过陈平军一组合就很有意思了。一则黑漆漆,使人联想起漆,一切是夜的涂抹,有象征意味;一则漆与黢韵母分别为"ī"和"ū",前者为齐齿呼,后者为撮口呼,黝韵母为"ŏu"属开口呼。试着读一下,你就会从口型的运动中体会出诗的声韵美。

紧接下去的一句,似乎更有意思:

> 这一切都逃不过石板作为判官的眼光,脸色铁青,传递有关生命密码的高深。

惜墨如金,用青石板来见证这六百年老屋的沉沦,顿挫有力。

最后,是手法和风格上的求变。前面所说的选材、立意、建构、修辞,都属于手法范畴,就不再赘言了。至于风格,也就是作家艺术个性的最高体现,陈平军先生是在艺术创作尝试中逐渐趋于定型的,他不知疲倦地写紫阳,注意作品的打磨,显现出他个性中的执拗;探索和求变显示了他的艺术勇气和创新精神：乡土气和不肯止步，是艺术家气质中最可珍贵的，也是陈平军君的风格所在吧。

三

"探索"和"求变"，大致有两种范式，一种是破茧化蝶，例如白石老人的"衰年变法"，从早年的工笔画蜕变为后来的泼墨、大写意；一种是守正出新，即一点一滴地改变，就像时光作用于人的形貌一样，积久了照镜子才会觉察自己真的老了。但不管哪一种范式，都在于积累、历练，都在于艺术继承上的努力。齐白石以诗句"我欲九原为走狗，三家门下轮转来"，表示对前辈艺术大师徐渭、朱耷（八大山人）和吴昌硕的虔诚和崇敬。他后期画作中的细部和草虫的真，很能显示出早年工笔画的功力。

守正出新，积久变化。到了临界点，就会有质的变化，就会破茧化蝶。年轻的陈平军先生正以自己不倦的努力，实现着这种精神超越和艺术超越，《紫阳书》就是着力的一步。

谨以此作为序。

2018年12月6日于苏州

（秦兆基，1932年生，江苏镇江人，现居苏州。中外散文诗学会副主席、中国散文诗研究中心学术顾问。出版散文诗集《揉碎江南烟水》等，评论集《散文诗写作》《永远的询探》《诗的言说》等，以及散文集《错失沧海》《苏州记忆》《红楼流韵》等。）

自我的另一个世界，或重返精神家园
——论陈平军散文诗

敬 笃

　　散文诗究竟该如何界定，一直困扰着散文诗作者，就连散文诗人的称呼都成了一个令人纠结的命题：散文诗人，抑或散文诗作家，还是诗人？这些称呼，似乎都未得到文坛的认可，因而也给散文诗的合法性，也即在官方赢得一席之地，蒙上了一层挥之不去的阴影。散文诗自从诞生以来，就引起了学术界的争议，但即使在这无休无止的争论中，散文诗也已经跨过了百年的门槛。百年意味着什么？一种文体，怎么也该成熟了吧？！然而事实并不尽如人意，直到今天散文诗这一文体仍未获得应有的尊重与认可。实际上，在散文诗的发展史上，曾经闪烁过无数璀璨的星星，无论是外国的波德莱尔、兰波、圣佩·琼斯，还是中国的刘半农、鲁迅，以及耿林莽、秦兆基等，都颇令人敬仰。然而，我们似乎一提及辉煌，总是那些过去时。其实，今日之散文诗发展也已经取得了长足的进步，甚或达到了空前的繁荣，散文诗作品浩若烟海。其中不乏脍炙人口的上乘之作。一代代优秀的散文诗作家也随之不断推陈出新，进入中国文坛和广大读者的视野。由此，笔者认为，无论官方是否拥有一席之地、无论学术界承认与否，散文诗与散文诗作家都已经是客观存在，而且势不可当。至于散文诗作者怎么称呼，也已不重要了。

散文诗的特殊属性，决定了散文诗写作的文体偏离性。好在关于其偏于散文或偏于诗的问题，虽仍未达成共识，但似乎已得到了解决：散文诗实际上消融了散文与诗的区别，在二者之间寻找到了一种语言的平衡。索性我们将散文诗作为独立文体来书写，创作出更出挑、更有价值的作品，是可以期待的。那么解决了称呼与文体问题的困惑之后，再来审视当下散文诗的文本，或许我们的视野会开阔许多，方法论会更明确一些。对于所有文体的思考，归根结底都要落实在文本（作品）的质量上来，即文本质量是否能够承担起散文诗作为独立文体的重担。事实上，我们寻找这个命题的答案的过程，也是为其合法性建构的过程。

在中国绝大多数散文诗作者的传统认知中，散文诗就应该是抒情的、吟哦的、自我陶醉式的、浪漫主义式的、唯美的、歌咏式的、赞美诗式的等，所以这一切反映在那些同质化、人云亦云的文本之上，一点也不奇怪。近年来，也有一些富有觉醒意识的散文诗人，在尝试着打破旧式的牢笼的束缚，从"生命节奏""个体话语""灵境""神性"的沉思中，谋求一种新的突破。且不论实验的成败与否，关键在于这些勇于探索、敢于探索的散文诗人们，在尝试着走出自我的困境，来重塑自我的另一个世界。于是，一个自为自洽的散文诗场域便形成了。陈平军似乎就是这样一个愿意尝试探索的散文诗作家。从他的散文诗作品中，我们可以发现其特有的品质和实验的迹象。在陈平军那里，散文诗承载着他的精神溯源，体现了他与这个世界的对话方式，昭示着他对生命本体的思考之维。他以自我的微薄之力，寻找一个与阔大世界的精神对峙的空间。在这样一个过程中，他开始树立以自我精神建构为中心的美学理念，并渴望在纯粹的日常中，获得自我的肯定与主体性的延伸。

他有时会把自己置身于故土的自然地理、风俗人情之中，由特殊性延展至普适性，那些值得观照的事物，一一尽显。他文风亲和、平实而且准确的书写，让我重新认知了属于陈平军的"紫阳"。无论是《车过紫阳隧道》《登文笔山》，还是《在焕古，探寻一个传说的转折》《寒月夜，想起一棵漆树一滴多年前的眼泪》等，都为我们呈现出作为散文诗作家那一面的陈平军。著名诗人周庆荣曾这样评价陈平军的散文诗："陈平军的散文诗比较好地解决了叙述上如何平衡目标事物的细节和写作者对这些细节如何进行能动性地萃取的问题。他保留了事物的本质特征，没有任物象蔓延。"陈平军借助家乡客观存在的物象，来展示自我主观世界的认知，在自然而然之中，找到一种平衡感，并提供了稳定的诗意输出。比如："半杯惊悚的目光，早已成为无法释怀的老家具，越擦拭，光泽越闪亮。我对时光不过敏，只对你难以忘怀。所以，沿着时光边缘，在并不常见的月色、夜色里，把你渐次剥开。瓦砾间，泥土不多，水土、养分稍显吝啬……这种哭声，就像慢慢打开的月色，铺满庭院，确是一种很愚钝的流泪方式。"（《寒月夜，想起一棵漆树一滴多年前的眼泪》）在这里可以读出喟叹时光易逝的伤感，亦能读出隐藏在词语背后的辛酸，还能读出物是人非的苍凉。正如陈平军自己写的那样"撕心、裂肺，犹如这薄凉的月色缓缓打开受伤的心灵。""人，用一种植物的泪水擦拭另一种植物的悲伤，到底是谁的悲伤？"实际上，植物哪里来的眼泪。这眼泪是人给予的赋形罢了。由物及人，然后由人及物，这种情感主体的来回切换，早已获得了某种意义上的超越。所以，到最后"植物的眼泪，不是哭泣后的残余物，应该是新生命的一种改弦易辙，或者洗心革面式的变换主张"。散文诗人看到的新生，看到的洗心革面是一个开放性的指向性命题，留给了我们足够的想象空间。也许，当我们想象如何在他的散文诗作品中发现另一个自我的时候，那个潜在的自我早就浮现在某个喻体之上了。

方文竹似乎发现了陈平军散文诗的新趋向："实现了由传统抒情向经验表达的转换。"至于怎么转换的，对于陈平军而言，并不是一件容易的事情。而著名批评家秦兆基在《紫阳书》的序言中指出："《紫阳书》确实使我看到了在他过往散文诗作中没有呈现过的东西，或者是作为潜质、隐性存在，并未显露出来能为读者感知的因素。这种新变使人欣喜。"实际上，在陈平军早先的散文诗作品中，我们可以清晰地观察到他的抒情传统以及他在传统式抒情与现代性探索上的犹疑。或许，在文学创作中，时间是个体成长最好的老师，给予了陈平军无数的滋养与帮助，当然这其中自然少不了散文诗人自我的追寻和探索。正是这种探索与尝试，让处在混沌中的陈平军，找到了一种真正地打开方便之门的钥匙。于是，新近呈现出的作品，已经得到了很大程度的拔高。"我从笔直的树干旁走过，脚步不紧不慢。甚至对接下来的突发事件没有丝毫准备。真的，一双疲惫的翅膀，吃力地挂住毫无依附的无助。一道凶恶的弧线，迅疾地扑向了还没停稳的栖息。翅膀无力地扑棱了一下，我的心也紧了一下。那个遭遇的影子还在挣扎，将死未死。我已在心里把这道弧线，或者叫作预谋的姿势，在空

中，杀死一千次，一万次。"(《偶遇一个人打鸟》)

散文诗人以自己的现实经验来重构那个"打鸟"的现场，他此时已经摒弃了传统的抒情，把"喟叹""伤感""哭泣"等相关的词汇隐去，取而代之的是一种现场的还原，于是便引发了心中杀死打鸟人一万次的咬牙切齿。这种转换，是质的升华，是另一个自我的呈现，是拔高散文诗作品层次的必经之路。"我们在祭奠谁？谁将在不远的将来、不远的远方祭奠我们？"(《祭奠》)"天穹中飘荡着的无数个问号，谁能找到计算精神与现实的换算公式？"(《雁南千秋》)这些留下的问题，无论是设问，还是反问，抑或疑问，都是从侧面为我们重新审视陈平军散文诗中隐含的哲学思维，敞开了一扇门。

著名诗人、编辑家卜寸丹总结了陈平军的写作内涵，指出："在一种天然的状态中，体现闪光的神性，笔力向下掘进，植根于泥土，笔意却是向上的，灿若云霞，绵延开阔，揭示生活本身，而有着直抵生命现场的快意与光亮熄灭以后语言隐含的复杂与神秘。"在写到自己家乡紫阳的时候，他不是一味地拔高，或者要将其深厚的文化内涵一一尽述，而是根植于村庄、根植于大地，在最平常的事物中发掘和体悟真理："从村庄朝着日思夜想的小城的路程，我，走了三十年。现在从城市的边缘出发，抵达城市的心脏，又要多少时光？或者，换一种说法叫作农村包围城市。这是经过多年验证的、无比正确的策略。其中的主旨，可以运用在多个领域，当然，也适合我的命运轨迹。当泥土的滋味渐渐散去，被沥青的焦味逐渐取代，也完全符合我这么多年的行进路线。这，只能说明，那个众所周知的中年人随意说出的一句话，已经在大地上开出了无数朵娇艳的花。而我，这些年所有走过的脚步都为了验证这个真理

的正确性。"(《紫阳街巷志之环城路》)

当泥土的滋味逐渐消散，取而代之的是柏油马路上沥青的味道。原始的、最贴近生命本源的事物消失了，故乡也会随之而去，一切都无法找回，剩下的只能是独自喟叹。同时，回忆自己三十年的风雨路，走了一条"农村包围城市"的路线，这虽有自我调侃的意味，也能感受到作者内心的浮动与自我确认。在阅读中，可清楚地发现，陈平军的"我"是一个矛盾体，一方面在面对时代变迁的过程中，他尝试着寻找一个自我的精神出口，另一方面他也在这个精神出口上浇筑自我的现实出口。这就在自我的精神世界与现实世界的交互之中，产生了一种对抗，而这种对抗则会在不确定的时间推移中最终选择消融，两种自我便合而为一。所以当他找到那个属于自我的"真理"的时候，才蓦然发现"这些年所有走过的脚步都为了验证这个真理的正确性"。"目光如炬，道貌，岸然半分，像是要寻找脚步匆忙的答案。别这样阴阳怪气，不怀好意，满是污垢的汗水一样也会凝结为成色十足的仙丹，一样也会拯救误入歧途的凡夫俗子。阳光暧昧地表达着对毛孔的侵略，尖锐得那么彻底，让脚趾一直无语。注定无法深入变幻莫测的语法，也就不能轻易地在文字表面找到你内心深处的密码。三个自然段，失去了相互照应的勇气，对苍生的耐心苍白得逐渐忘却了炼制长生不老药的程序，你恰好忽略的就是你一生最重要的环节。这让炼丹炉多少有些幸灾乐祸，在离我五公尺的地方，任由不远万里来找你寻找长寿秘方的信徒从你不小心虚掩的后门自由进出。这与你折巴蜀、转徙秦陇，事于河东的从容身影大相径庭，道教、禅宗、儒教杂乱无章地打坐于汉之阴，山中日月牵拉着无解的面容，始终无法解释你九九归一的谶语。"(《在悟

真观读〈悟真篇〉》）

陈平军的变化，源于他在细微处着手，抛却旧有的写作范式，从日常事物中捕捉诗意，从山水风物中提炼诗情，从历史人文中洞悉诗境。众所周知，优秀的散文诗作品，也应该与其他文体的优秀作品一样，具有普适性的价值。特别是词语的幻变，让我看到了一位优秀散文诗人的潜质和可能性："阳光暧昧地表达着对毛孔的侵略，尖锐得那么彻底，让脚趾一直无语。"此句是难得的散文诗佳句，这种点悟式的写作，很大程度上扩充了词语的外延，盘活了这篇散文诗的灵魂。这持存的诗意，丰富、流动的血液充斥在读者的毛孔之中。

令人欣喜的是，陈平军的散文诗除了朝向另一个自我之外，也在重返自我。他借助"他者"的躯壳来完成自我的塑身。尤其是在其系列散文诗《家谱记》中得到了很好的体现。陈伶俐指出："陈平军的散文诗向来因温润自然、朴实畅达而动人心弦，带有极强的乡土情怀和家园意识。他擅长探寻日常生活里的幽微诗意，常常在自我的出走与回归之间找寻着精神的皈依之地。"实际上，人在离开家乡之后，总会出现一种莫名的还乡情愫。正如荷尔德林那句经典所言："诗人的天职是还乡。"人还乡的方式有很多，在陈平军这里，是试图构筑自我家谱，以文字的方式，寻求自己的精神家园，以达到精神归家的状态。"一个家族，同居三百三十二年，人丁三千九百余口，田庄三百余处……队伍绵延数十里，持续几个月……一直持续至今。怀揣碎锅的铁片，义门家风的温度始终不肯散去。脚步丈量着有关七十二个州郡、一百四十四个县、二百九十一个庄的深浅不一、长短各异的乡愁。这是人类历史上最大家族最悲壮、最壮观的大分庄、大迁徙的开始，然而有谁知

道,事关合久必分的诠释,何时才会结束?可我们是不是正走在分久必合的道路上?"(《数字义门陈》)

在这篇作品中,我们可以看到一个家族的兴盛,也可以看到一个家族的家风。特别是如此具体的数字罗列,除了让我们感受到家族的庞大之外,也能感受到诗人所要表述的那种"合久必分"的必然趋势,于是搬迁势在必行。在最后结尾的时候,话锋一转,回到了"分久必合"轨道上,也能反映出作者对家族"合"的美好祈愿和独特的视角。此文以家族的迁徙来折射历史的发展规律,既是诗人内心由衷的自豪,也是诗人对世事的体察。"稻谷收割的季节,哪里有含苞的干稻草呢?正当朝廷上下为买不到含苞干稻草而处于愁云惨雾的氛围中,陈旭组织浩浩荡荡的车队,拉着含苞干稻草向大宋的军营走来。义门陈的含苞干稻草拯救了大宋的战马,也挽救了日趋失利的战局。一个家族的口粮,换来了边境百姓的安宁。那时,大地上的阳光十分和煦。"(《含苞稻草》)

这是一篇极为朴实的散文诗,用平实的语言刻画出陈氏家族大义凛然的鲜活形象,以这种默默的付出,来呈现为国分忧的豪迈,无疑鼓舞着无数后辈争相效法学习。作为陈氏子弟的陈平军,时刻不忘先祖之德,用散文诗的形式重新阐释那段高义,就是向先祖致敬,就是在寻找自己最原初的那个"根"。在家族的辉煌历史中,陈平军找到了精神的皈依之地,寻觅到了那个被遮蔽的存在之家。

虽然从文本上而言,陈平军距离散文诗大家仍有一段很长的路要走,但是从其散文诗中,我们能看得出一位散文诗人对探索与求变的坚守,也能读出一位散文诗人的艺术追求。他乐此不疲地用散文诗这种文体来抒写自己的家乡,抒写自己的精神世界，以求获得灵魂与艺术的超越。他把自己对生命、对存在、对人生意义的追求落实在最平凡的事物上，并且从那些看似平常的事情之中，离析出属于自己的那份乐土。他是一个散文诗的苦行僧，一个散文诗的西西弗斯。正是这份信念和虔诚，让他达到了"我手写我心"的境界；又或许正是由于无数散文诗的虔诚，才给散文诗的发展带来更多的可能性，才给散文诗的合法性赢得了砝码。

再次回到最初的话题，散文诗究竟该怎么写？从陈平军的探索中，我们似乎能够窥得一二；至于还有多深的奥秘，仍需要更多的散文诗人不懈努力，继续追寻。正如屈原《离骚》中那句经典："路漫漫其修远兮，吾将上下而求索。"散文诗的未来，何尝不是前路漫漫？只有上下齐心，无穷地探索，才能找到一条真正适合中国语境的散文诗写作路径。

注：文中所引用的散文诗作品，出自陈平军散文诗集《紫阳书》，或发表在《星星》《牡丹》《散文诗》等诗刊上。

（敬笃，哲学硕士，在读文学博士，高校教师，诗人，兼文艺批评。鲁迅文学院青年作家班学员，内蒙古作家协会会员，内蒙古文艺评论家协会会员。作品散见于《星星》《博览群书》《诗探索》（理论版）《文学报》《山东文学》《散文诗》《延河》《诗潮》《扬子江诗刊》等刊物，多部作品入选诗歌、散文诗年选，获奖若干。出版诗集《凋谢的孤独》，参加星星第三届全国青年散文诗笔会、第二十届全国散文诗笔会，现主要专注于诗、散文诗与哲学的研究。）

深植存在现场的成功探索和诗化演绎
——陈平军散文诗集《紫阳书》赏读

潘志远

也就是一年半载,陈平军先生的又一部散文诗集《紫阳书》摆上了我的书案。他前一部散文诗集《心语风影》评论的余温尚存,按说不宜再评,也很难评出新意,可当我一页页翻读《紫阳书》百余篇章至尾页,轻轻合上大著时,不禁浮想联翩,一则为诗人的勤奋而激动和感佩,二则诗集确实触动了我内心深处的某个命题和思考,觉得有许多话想说,且不吐不快。

我首先想到了德国哲学家海德格尔,想到他的代表作《存在与时间》里有一个著名的论断:"存在总是存在者的存在。"通观《紫阳书》诸多篇章,特别是那些题目含有"在"的篇章,可以说是暗合了这一论断的灵魂和精髓。第一个"存在"可以理解为事实和现实,是客观的,在时光中不断成为过往,被岁月冲洗变成旧迹、残迹,但它还存在着;即便湮没,它也存在过,存在是不可磨灭的事实。第二个"存在"是现场,总与人的活动联系在一起,为存在准备了存在的意义,或曰得以传承的价值,也是它因人而异、因人而作的诸种可能。第三个"存在"是客观融合了主观后的存在,或曰更多偏向于主观的存在，带着不可估量的审美价值和意义，《紫阳书》就是这种内驱牵引下的产物。

其次，我想到了笛卡尔"我思故我在"的名句。其原意为"我思知我在"，拉丁文翻译为"我思故我在"。这是笛卡尔全部认识论哲学的起点，也是他"普遍怀疑"的终点。笛卡尔是唯心主义者，"我思故我在"隐含着"我唯一可以确定的事就是我自己思想的存在，因为当我怀疑其他时，我无法同时怀疑我本身的思想"，或"我无法否认自己的存在，因为当我否认、怀疑时，我就已存在"的诡异判断。我引用过来，不是想去思考和演绎这一判断，而是看到其中的"思"和"在"，而这正是《紫阳书》最重要的体现。"在"彰显了作者的立场，深植现实和现场，有白居易"文章合为事而作，时而著"的传统。"思"是诗化演绎，是诗思诗情，是诗人思考的胎儿，是诗人灵魂的闪光。因此诗人的笔墨所到之处，处处喷发着葳蕤缤纷的诗意，或葱绿，或芬芳，或金黄，垂着沉甸甸的籽粒，让人有观赏的喜悦、采撷的冲动和难以抑制的评赞。

第一辑《紫阳书》。紫阳是一个大的地理区域，是诗人生活所在，即诗人的过往和反复接触深入的现实和现场，是历史的存在、现实的存在，也将是融入作者记忆、体验、情感、审美后以文字场形式再现的另一种存在。这里有太多诗人的影子和痕迹，有太多情感的触动和内心柔软的流露。诸如《车过紫阳隧道》中"瓦房店连接着湘渝的北蜀道，也连接着世事的凶险"的灵机一动；《从泗王庙巷进出》中"我都会与扫街大爷不堪入耳的叫骂声相遇"的无奈和尴尬；《大排档》中"夜也逐步起身，打着饱嗝，出门，那趔趄的脚步与正在步入门店的饥饿灯光撞了个满怀"的通感；《与春茶谈一场旷日持久的恋爱》中"我还没有做好苍翠的准备,你就急切地绿了"的发现和惊讶……生活是琐屑的,唯其琐屑里点点滴滴的存在,让人愉悦、苦恼、纠结、留恋,也催生着诗情画意,潜存于心;不同的是有人溢于言,有人游于艺,有人泄于情,有人行于文。在这一辑中,有大量含有"在"的标题,格外醒目,如《在白鹤村徐家老宅烤火》《在北五省会馆看戏》《在东城门驻足》《在任河岸边读瓦房店会馆》《在泰山庙寻找育婴堂》《在悟真观读〈悟真篇〉》《在鸳鸯水边看一只鸟飞过》《在钟鼓湾吃三转弯》《在焕古,探寻一个传说的转折》《在三塘村开贫困数据清洗会》《在停电的夜晚想起我的两个兄弟》,其他辑中也有类似的标题。这些标题,看似简单,缺乏提炼,流露着粗糙的痕迹。作为一个有如此深厚生活阅历、积淀的诗人,对付几个标题的能力应该绰绰有余,之所以这样命名,反复强调一个"在"字,其实大有深意。这里的"在",不仅是一个个时间概念,一个个地理标志,更是一个个现实的存在,一个个现场的凸显。切换到笛卡尔"我思故我在"上来,反复强调"在","思"便不成问题,"思"便随时随地,恍若奇花异草长在路边,珠贝散落在沙滩,游目可见,伸手可拾,我就是这样一路走来的。

第二辑《二重唱》。诗人目睹身边的山水和人物,从见闻所在中发现新的所在,挖掘山水和人物的社会价值,主观与现实叠映,个人与大众嫁接,重唱出共同心声。这一辑分为两大块,一块写江山胜景,如《神峰瑞色》《凤岭朝阳》《文笔参天》《汉巴青翠》《中沙映月》《之水回波》《七宝连云》《紫阳仙洞》,先引用古人诗文,作为起跳和参照,既能相映成趣,也能反衬诗人身为今人的当下思考。如"我在山顶设了一个棋局,邀请暮色与我对弈,一不小心,我就坠入暮色的迷魂阵,再也找不到我在前世今生究竟是哪一颗棋子"，(《神峰瑞色》)则完全打上时代和他个人的烙痕。再有《卫武公：风中的竹子》《许穆夫人：有关朝歌的思念》《曹丕：晨风中呼啸的军旗》《李白：有关离别的一次握手》《王维：淇上傍晚的时光》，则唱古诵今，弘扬他们身上留存的精神图腾。还有一部分写今人，写紫阳县十四位道德模范，一人一章。这些本该是新闻、报告文学的素材，是新闻工作者的拿手活，向来为诗人、诗歌所忽视，可作者将其拿过来，践行"文学创作要以人民为中心"的创作理念，诗意地彰显他们的事迹、精神、情感和灵魂，是一次大胆而成功的探索，值得更多散文诗人学习，也应该成为一种新的写作动向和时尚。

　　第三辑《望他乡》。望是在望，也是回望。在望是动机，是出发，是过程；回望是比较，是反思，是体悟。经过回望的他乡，已经注入了酵母，其形、神、味已不同于先前，更多了一份诗化演绎。这一辑是行走所在，诗人从游历中发掘诸多被遮蔽的美丽。《2017年12月31日，在Z123列车上》，作者选择这个岁末的时间节点，从紫阳到成都，从故乡到他乡，自然有了"从结束走向开始，从冬天走向春天"的悟叹。《藏地酒歌》中"举杯，明月不请自来"，虽然有古人"举杯邀明月"的影子，但显得更加淡然和惬意。《在宽窄巷子穿行》里，通过宽与窄的对比，营造辩证的哲理。《在武侯祠，遇见桃园》"我也是三次路过你，才有幸与你谋面"，糅入幡然醒悟的玄机。望他乡促使诗人一次次出行，而出行的终极是回归；回归的最高境界是深入本心和灵魂，直接的成果就是作者这些散文诗。它们是诗人思想的轨迹图，是宝贵的精神财富，特别值得珍视。

第四辑《家谱记》。家谱是史志文化，属于史志范畴。它枯燥、单调，在时光的湮没中失去了丰腴和温度。近年来，续家谱、修家谱之风盛行。我们知道，保存家谱、传承家谱的目的并非在家谱本身，而是旨在传承良好家风。家谱里那些曾经生活过的人，我们在得到他们的血脉基因传承的同时，更重要的是要得到他们的道德、精神和品质。只有这些生生不息，中华民族才能生生不息。否则仅得其皮肉，失其风骨，一个家族即使得以延续，也会失去延续的价值。家族故事，口口相传，或完整，或支离破碎，诗人拂去光阴厚尘，在还原其温度、丰赡其情节的同时，更注重激活先人的精神密码。二十个篇章，津津乐道，如数家珍，在家族兴衰和变迁中，慎终追远，深情缅怀，从当下社会的浮躁和消费文化的肤浅风气里挣脱出来，对谱系记忆进行再创造，进行诗化演绎，在娓娓道来的文字里不断折射出新时代文明、文化所需要的辉光。

《紫阳书》"关注现实生活和人的存在，与问题意识产生某种谋合性"（方文竹），从存在走向新的存在，写实、求变、创新，语言机智，文情兼茂，诗化演绎，散文与新诗分行排列并行，的确是一部不可多得的散文诗新著。它体现了诗人的一种写作理想，一种探索、求变、超越的风格。在我看来，这些主要表现在他散文诗的眼光、立场，以及取材和写实手法上，其艺术技巧还不够多不够新，期待他在今后散文诗创作的道路上，更能求虚，在空灵、幻境（虚的配额）方面更加精进，更早地跃入当代散文诗巅峰级别的行列。

二〇二〇年七月十三日于霞蔚居

回溯与想象的紫阳之恋
——读陈平军散文诗集《紫阳书》

司 念

秦汉和巴楚文化的交叠,给紫阳人带来了双重情感,三山两水围绕着紫阳城,历史长河中蕴蓄着生态茶水与民间道教的契合统一,诗人陈平军有着天然的优势——成长于紫阳的山水之间,思想精神开阔豪远。爱与痛、生与死、来与去等历史纠葛,是紫阳之民的重要精神烙印,由此出发,诗人对紫阳的过去与未来进行了细致的回溯与想象。

陈平军是一位有着三十年创作年轮的老作家,创作体裁主要为散文诗。散文诗的根部属性是诗。陈平军扎根民间,汲取山峦的雄伟素材为养料,讴歌着地方的风俗景物:"一撇用碧绿而鲜嫩的茶叶装点破旧的山川,一捺用跳跃的紫阳民歌舞动任河的内心。"这是《登文笔山》一章里面的诗句。对称的语言把文笔山的地理优势概括出来:这里的山川生长着茶叶,民歌悦耳动听;"碧绿"和"鲜嫩"勾勒出一片生机勃勃的春日图景,"民歌"的清脆响在耳边,视觉和听觉的调动,激活了诗歌的调子。诗人认为最好的文笔山"意蕴可以流畅些,但不能信马由缰,可以引用紫阳民歌,山歌、号子、小调都能入诗,只要不远离朴素而拼搏的内心,都是好文章",不仅给予文笔山独有的文化内涵,且把意志注入诗歌中,积极参与具体的物象建构,赋予它们深刻的文化意义。

  当然,诗人没有满足于浅表的物象建构,而是沉入沃土文明的内部,对过往的文明做了行之有效的观察与回溯。"家谱"是一个家族遗留给子孙最后的遗产,"家谱"演绎的繁华故事说明了家族的兴旺发达,而今日的"残垣断壁"与旧日的"令人赞叹"差异显著,仿佛从高峰跌入低谷,诗人的情感状态热烈而寒冷,巨大的张力不断冲击着此时的"我",只能在落寞中反复体认自己的身份:"早春时节,在这个还有些凉意的春光里,这些依然鲜活的细节,躺在家谱里生动得令人赞叹的故事,与只剩下残垣断壁的烽火墙上壁画局部里的人物表情相互媲美,相互辉映,这让卑微的我多少有些自惭形秽。可是,我不羞愧,我是这个院子的后孙。"

  陈平军的回溯精神正是如此,向着"爱"与"痛"同时回溯——"回溯"是一种姿态,也是一种愿望,更是向前展开的一种方式,是在突破现时状态的强烈意志,体现了一种深厚的人文关怀。此外,陈家院子、瓦房店吊脚楼、东城门、紫阳石板房等文明遗产,寄托着诗人遗憾哀伤的心绪。

  显然哀伤是无力无效的,对"乡土灵魂"的探索才是深入理解陈平军回溯精神的关键,《纤夫号子》中反复呐喊着"拿篙喂嗨,拿篙喂走,拿篙喂嗬,嗨哟,嗨哟"的纤夫们向生活搏击。他们充满野性的力量,在艰苦的环境中坚持忍耐地劳动:"看到嗨嗨,嗨嗨,哈嗨。"

  溯水拉纤,绳索不是对生活的束缚,而是一种方向的牵引。纤绳勒进生活内部的刻度,是艰难的程度,也是幸福的指数。

疼痛决定幸福的深浅："加把劲哪，嗨嗨……脚踩稳哪、莫松劲哪，嗨嗨……蹬上一腿嗨嗨，再蹬一腿嗨嗨……"

纤夫对于生活没有不满，而是一步一个脚印地完成跋涉，在重复单调的溯水拉纤动作里获得自我认同和道德满足，这是诗人塑造乡土灵魂的实践路径。

如果说"纤夫"是对外追索灵魂，那么"漆树"就是诗人对内的灵魂想象，《寒月夜，想起一棵漆树一滴多年前的眼泪》一文中给予"漆树"以自我的投射："漆树一旦遇到伤害，无法喊出声音，最后的挣扎只能用自己的本能做着力所能及的弥补，在眼泪渗出的那一瞬间，漆树皮迅速做出选择，积聚力量开始修复割裂的皮肤。而割开伤口的人拿出贪心的大桶，让悲伤慢慢地流到虚荣里，割了一刀又一刀，直到虚伪无处安放才罢休。漆树的眼泪映射在家具上，成为家具的眼睛。这绝不是悲伤的出口。悲伤被提取后却在家具的表面重生，泛着晶莹光泽的家具，手感滑溜，有种被打磨后的感觉。"

"漆树"正是诗人的灵魂显形，被割伤成为家具，完成了自我的使命；在极度痛苦中孕育着新生，完成了自然属性到社会属性的过渡。

诗人回溯与想象的精神思想需要格物、及物和化物的技法，散文诗人周庆荣在散文诗论《格物、及物、化物及其他》一文中提出了方法论意义："从方法论上来说，注意'格物、及物与化物'。所谓格物，是指我们如何从所接触到的事物中获得自己所需要，同时也对他者有意义的启示；及物，要求我们的写作必须在场，必须食人间烟火，必须能够让我们的写作去唤醒更多沉睡的经验；化物，要始终清醒写作主体本身的情感和知性的转换贯通，不拘泥于典和任何已有的出处。"陈平军自觉运用了"及物"的笔法，保持自身写作的在场，唤醒沉睡的经验，如《登文笔山》一文中："自己本身就是一支笔，伫立于人声鼎沸的对岸，隔岸观火，已成与生俱来的习惯。"把自己化为一支笔参与到抒写山的思想中，"所有的抒写都是别人的阴晴圆缺"，"毫不在意自己是青黄还是碧绿"。作者守望和静观的，就是想将世界和人生看得"真切"，把一些蕴含很深的东西变成认知，这是思维共享、情感共勉。

《凤岭朝阳》一文中对凤凰山的抒写同样把主体介入风景中："凤凰，以如何舒展的飞翔，剪短天空对大地的牵挂。所有展翅，都有柔风歌唱的理由。……我作为你千百万个普普通通读者中的一个，怀揣敬畏，不揣浅陋，随意吟哦的诗作能够被人群里的某人偶尔记起那么一两句，我便是你合格的读者。"

把凤凰山当成一本书，化身为读者，读懂凤凰山的壮丽与柔美，诗人时刻明确着主体的情感，显示了自觉的"化物"能力。

散文诗有抒情的传统，需要诗人萃取景物核心的能力高超，陈平军对乡土紫阳秀美景色的深情描摹动人心魄。他的抒情不是平行的，而是注重选取传说、历史经验中的遗产遗物做现实的演绎。《紫阳仙洞》的开头引用了明代王三锡的诗歌："壶酒寻真去，仙踪一纵观。径迷瑶草秀，洞隐碧潭寒。招鹤云还锁，听猿月正圆。欲超尘外劫，何处觅金丹。"以醉酒寻仙人踪迹为本事，沿着古诗中"酒壶""仙鹤""猿鸣""金丹"的轨迹，来表现追求长生不老的虚妄，诗人的重新演绎回环往复，不仅增强了情感浓度，而且增强了抒情性和戏剧性；同样的表现手法在《藏地酒歌》中也有所体现，诗人与藏王饮酒高歌，表达对胸怀藏民、挚爱子民的藏王真情实意的欣赏和赞美；《过新市古镇》中引用杨万里的诗句来为新市古镇的地理环境定下基调，如江南流水一般的古镇有着坚韧和柔情的双重精神质地，诗人以"过客"的眼神打量古镇的一草一木、一石一人，祈祷古镇风调雨顺，最后又摆脱"过客"的旁观者身份，选择主动介入，其中渗透的深情令人感动。这些叙述抒情融合着历史和现实的内容，是当下散文诗保持"在场感"的重要范式。

诗人在回溯历史风物遗产时注重其中传递的深邃理念，尤其对儒家的仁、义、礼、智、信和温、良、恭、俭、让的思想做了咏叹和回味。《面对越王楼，画蛇，添足》中的越王楼阁有忠孝、仁义的建筑刻痕；《在武侯祠，遇见桃园》中，武侯祠是兄弟情义、礼贤下士的原产地，诗人以想象的叙述为遗产定调，传达着肯定英雄人物和传统价值的坚贞态度；即使是在《下雨天，与贫困户谈心》中的在场交谈，也增强着诗人的主体意志，"把希望种进泥土，用汗水浇灌，用心思施肥"，给贫困户的精神输血输液。

紫阳人的性格特征在陈平军一组记人诗中有着集中的体现。《二重唱》一诗既有古人卫武公、许穆夫人、李白、王维、曹丕，也有当下普通人物陈英彩们诗人以主要功绩勾勒人物形象，如卫武公"整修城垣，兴办牧业，率兵佐周抵戎"；许穆夫人竹竿钓于淇；曹丕列队军旗；王维隐居淇水桑木等。他们大至保家卫国，小至思念故乡，躬耕田野，融个人情感与民族情感于一身。普通人物胡长芳十年如一日照顾残疾丈夫和年迈公婆；弃婴张紫云孝敬年迈的养父母；陈邦银、陈英彩无怨无悔地照料精神病丈夫和多位残疾老人等，以她们瘦弱的肩膀扛起了家庭的责任，弘扬着孝老爱老的正义，把传统理念落到了实处。她们是道德的模范，体现了勤劳淳朴、忠孝纯正的优良风范，紫阳人的忠肝义胆、忠孝两全的主体性格在他们身上得以全面彰显。

通览陈平军这本以县域为书名的《紫阳书》，可以清晰地感知诗人爱与痛的情感状态，而回溯与想象是他进行思想建设的存在属性。他将这样的属性投射在有着深厚历史积淀的紫阳，一方面展示了当地的风物习俗和文化内涵，另一方面指明了当地普罗大众的独特性格，标示着我们民族存在的经典属性。陈平军的散文诗不是为了以满足抒怀状物为目的，而是为了重新探寻华夏民族的精神源头，有着史学考辨和哲学追问终极之味。

2022年3月10日于安徽

（司念，女，1988年生，安徽省作协会员，首都师范大学博士生。文学评论见于《文艺争鸣》《星星·理论》和多所大学学报，诗作见于《诗刊》《星星》《诗选刊》《扬子江》《散文诗》等期刊，参加第十七届全国散文诗笔会，第二届星星·青年散文诗笔会，荣获第十二届中国散文诗"天马奖"。）

用家园的名义建构文学地理
——陈平军《紫阳书》评

唐友彬

但凡开始以构建文学地理的方式开拓自己的文学创作版图，把现实世界变成纸上王国，像马尔克斯笔下的马孔多小镇，莫言笔下的"高密东北乡"……即便作者以秘而不宣的方式低调地进行，也难以掩藏个人的创作使命感和文学野心，在这一点上，陈平军似乎也并不掩饰。这大概是他由来已久的价值向度，从他的眼光、语言及额头的气象都可以得到见证："毫无疑问，这魔性十足的疆场，一定是我驰骋的国……为我的家园命名，最好的词汇就是它自己……"为故乡命名，他有充分的文学自信，这种自信建立在他取得的创作成绩上，他以高亢而自豪的姿态在自己的理想王国中指点江山激扬文字。

《车过紫阳隧道》是散文诗集《紫阳书》的开篇之作，笔者认为这是作者真正意义上的"紫阳书"。无论是"紫阳书"，还是"书紫阳"，无疑是一个比较庞大的命题，牵涉历史的纵深和疆域的宽广，都一言难尽。一句"连接这裹渝的北蜀道，也连接着世事的凶险……五百年时光流转……"，就把紫阳镶嵌在一个浩渺背景的时空中——地理上的紫阳是一个点，但连通了世界的无垠和世事的浩繁，由自然界自然切入人类社会："我所要做的就是为它添加多个注释，用两个通道来实现它：历史与现实……"五百年的时光是一条线，由空间到时间，文学地理的四维空间已经架构，在创作的意向上，高调地呈现出宏大的趋势。

"千里巴山，明廷禁山，清初开禁，一禁一开之间，失地、战乱、瘟疫。不堪忍受赋税苛政和不甘受清廷奴役的血性汉子，被时光的车轮裹进'填巴山'的移民潮。"对于这些血性汉子而言，紫阳是个什么地方不知道，紫阳有多美不知道，但紫阳就是这些血性汉子的香格里拉，是他们的理想国，他们对紫阳寄予了这个世间最后的也是最美的希望。无论离开是他们的选择或者被选择，揭开紫阳神秘的面纱，用血汗在史书上为紫阳写下浓墨重彩的一笔，已成为他们的宿命，他们会用传说将紫阳由洪荒推进历史……

然后作者的笔头轻轻一提，叙事视角转变，由宏观到微观，由抽象到具象，将时空背景下的人作为叙写的重点，因为人才是时空中最灵动、最鲜活、最惹人注目的亮点："插杆为界……伐木支橡……搭棚栖身。渴了，饮山涧溪水，饿了，食阳雀花根……在崇山峻岭、沟壑纵横的大巴山里打开创业的画卷……"

穿越时空中这段"悲壮"而"精彩"的"紫阳隧道"，"日暮乡关何处是"，巴山老林是我家。血性的祖先，传续了血性的基因，作为后辈的作者，用血性的汉字，为祖先叙写下血性的传奇。

《车过紫阳隧道》只是游览的开端，这只是打开紫阳的仪式。要真正感悟紫阳，感受作家的赤诚，那就要《登文笔山》

了。对于紫阳而言，文笔山是什么？"一峰高耸直入天际，如植笔然……"文笔山就是紫阳文化人内心矗立的精神骨骼，紫阳文化是生长在这具精神骨架上的靓丽肌肤：弹性、晶莹、润泽，却藏着深深的神秘和诱人的气质。"为了完美呈现五百年的宽广的内涵，我可以把谦逊依附在正待葱郁的茶叶背面，把标点标注在茶树的根部，让变幻莫测的句式与翻飞的采茶的纤纤玉手赛跑。"由文化荟萃的文笔山来承载紫阳文化的意象，应该再合适不过了，这也是《紫阳书》最有硬度的支撑。"所有的笔顺起始于对万物苍生的虔诚，对山下踽踽而行的背影的敬畏。"寥寥几句，神形兼备地叙写了文笔山在作者精神世界中高耸云天的地位。

攀登过精神的高地文笔山，作者带着读者走进《丁酉早春：拜谒陈家院子》。这是作者既物质又现实的家园："乾隆三十三年（1768），文彬公来到汝河，来到磨沟……落地生根……随意播下的种子……呈放射状，长满了小目连沟、寨沟、月池沟的山山峁峁……"在对祖先恭敬的仰望中，作者感叹祖先的生命力强悍：落地生根，开枝散叶，迅速把子孙后代的人丁布满山山峁峁。在这里，作者不是仅仅在喟叹祖先鲜活生动的故事及壁画局部里人物的表情，而是以具象代群像。这里称颂的并非只是陈家先祖，而是每一位"镇巴山"的祖先，他们都是后辈眼中的英雄，都是在紫阳历史中熠熠生辉的血性汉子。站在陈家院子里，作者喃喃低语：《奶奶，让我们在清明的老家会合》。这是这部散文诗集中最动情的篇章，让人眼眶湿润："奶奶，原谅我，我所能做的真不多，不能和你对我的付出相提并论……我苍白的想念……不会飘摇太久……世事风雨就会把我的牵挂吹得七零八落……如果遇上我手头宽裕一点，再买一挂鞭炮，引爆我阵痛的巨响……"这是真正具有抒情含金量的诗句；这是作者代表所有的后辈对所有先祖的怀念与感恩，这种怀念与感恩根本无力报答先辈对后辈的传承与关爱；这是深入骨髓的怀念与自责；这是发自肺腑的自我忏悔，忏悔是什么？忏悔是一种自我否定，不仅是对人性的深刻剖析，更是灵魂的自我救赎，是一种勇敢，是一种智慧，是开创未来的方法与动力。从某种意义上讲，文化何尝不是一种救赎?！这是作者的自我警醒，也是对读者的温馨启示。

"家谱记"是这部散文诗集较为厚重的一个小辑，是紫阳人无数个家谱的缩影。人组成家族，家族组成社会，写家族就是写社会。作者的创作目的是"通过这些鲜活的细节，伴随陈氏家族行走大江南北的坚定步伐，看其忠义之范、和谐之盛、闻名之优、教育之先、风气之美和义传之广的精神光芒，相互辉映……经过传播、升华、继承、弘扬、衍生成今天的诚、孝、俭、勤、和"。这就将家谱上升到文化层面，绘制出一个家族的精神图谱，这其实是在绘制紫阳整个社会的精神图谱。

除了文笔峰、陈家院子，作者还描写了诸多的紫阳山水风光：神峰山、紫阳洞、东城门、北五省会馆、白鹤村徐家老宅、瓦房店吊脚楼、泰山庙、育婴堂、鸳鸯水、焕古、三塘村等。作者还写了很多的紫阳人，除了情感纵深上的先祖文彬、奶奶、母亲等，还有情感横向上的亲友、同事，甚至值得钦佩的刘霞、金汉萍、曾朝和、刘华兵、张小红、胡长芳等紫阳道德模范，这些紫阳人伟岸的精神骨骼，托举了紫阳高远的文化天空，提升了紫阳的文化魅力指数。

穿越紫阳的时空隧道，作者用充沛的情感与精神能量向读者推介了紫阳的历史、人文、风物等，以浓郁的紫阳情结，成功地构建了其文学创作版图中的紫阳文学地理，抵达并实现了他的创作初衷——在文学版图上对家园的实名认证，凸显了作者的文化自觉和文化担当，彰显并推介了紫阳文化和紫阳精神。

（唐友彬，笔名犁航，陕西省作家协会会员。已在三百多家报刊发表中短篇小说、散文、文学评论一百多万字。出版《西游寓言·当下阐释与借鉴》《借鱼一把梳子》《埋在时间深处的炸弹》《担雪填井》等散文随笔集，以及《睡美人》《苦竹寺》等中短篇小说集和长篇小说。散文集《谁能逃出自己的手掌》被列入"青少年读写范典丛书"由花山文艺出版社作为重点选题常规出版，2013年获"安康市政府第五届文艺精品创作奖"一等奖。2016年入选陕西省文化厅文学艺术创作扶持资助"百人计划"。）

写实的转变与散文诗的可能性
——由陈平军散文诗集《紫阳书》想到的

方文竹

当代散文诗充斥着小花小草、浅唱低吟的病态，这种兴味的写作对于当代散文诗显示出合法性的危机。对此反拨与"医治"有何良策？我认为，关注现实生活和人的存在当属必要的路径。读罢陕西作家陈平军的散文诗集《紫阳书》，我不由得想到了这个问题，并为他的作品与问题意识产生某种谋合性而欣慰。可以说，陈平军的散文诗近作给予了一定的提示和解答。

从《紫阳书》看得出来，陈平军不再"好好爱我""心语风影"（前两部散文诗集名），而是在"求变""创新"中，将眼光和笔触对准现实和历史真实发生的事情，其路径无比正确，四辑的内容几乎皆写实，甚至地点、人物、事件、场景、风物等都类似新闻报道基调。历史是另一种写实。可以说，作者实现了由抒情传统向经验表达的转换，我认为是可喜的一跃。

对于写实，作者受到上天的惠赐，其居地紫阳似乎是现成的篇章，这里无须多言。但是，写实不是照相，甚至更考验着写实的功夫。《紫阳书》值得一提的亮点颇多：写"贫困"的篇章体现出作者念社稷、济苍生的悲悯和壮阔情怀；写"历史"的篇章在不动声色中巧妙地转换成"当代故事"；写场景带动词语的琳琅珠玑，信息量大，现实感强。陈旧的题材透出新意来，有哲理与具象的巧妙融合。一些标题颇见诗性，诗化与散文化的适度探索，等等。这些都显示出作者的写作功力，是"写实"不可或缺的前提配件。

其实，作者所传达出的内容和技巧等特色，或说作者的写作"全貌"，在首篇《紫阳书》中已经"总结"出来了："一撇用碧绿而鲜嫩的茶叶装点用旧的山川，一捺用跳跃的紫阳民歌舞动任河的内心。所有的笔顺起始于对万物苍生的虔诚，对山下踽踽前行的背影的敬畏。所有酝酿于腹中起始的句子是这篇文章的重点，其余的结构都交给跋涉的脚步，剩下的词语都交付给汗水与辛酸去表达，或者交给隔岸明暗不定的万家灯火去修饰、打磨。"角度新颖，构思精巧。总体框架以"书"穿插，带动、激活所要表达之物，既有地方性（"碧绿而鲜嫩的茶叶""紫阳民歌"），又有超越性视野（"对万物苍生的虔诚，对山下踽踽前行的背影的敬畏"），第三节呼应、强化"书"的内涵并带有未定不明的暗指，内容丰富，境界全出。

若按高标准衡量，作者的写作尚存在一些不足。比如，与实对称的是虚，这方面做得还不够：意境更多的是写意，空灵、幻化等皆虚也，虚的配额还不够；相应地，语言还可以更诗化一些；场面和事件不必太完整，但对于写作美学来说，有时候完整反而是残缺,有些篇章开掘得不够深。

以上这些若改观,作者将会跃上当代散文诗巅峰行列。

(方文竹,男,安徽怀宁人。出版有诗集《九十年代实验室》、散文诗集《深夜的耳朵》、散文诗理论集《建构与超越》、散文集《我需要痛》、长篇小说《黑影》、学术论集《自由游戏的时代》等各类著作21部。)

陈平军：行走中，前方"柳暗花明"

叶松铖

陈平军从第一本散文诗《边走边唱》到即将付梓的《紫阳书》，算起来，这已是第四本了。岁月把一个翩翩少年塑造成了一个思想和情感同样丰沛的汉子，平军应该感谢生命中不凡的际遇和曲折的经历——这是文学带给他的福祉。

从早期的散文诗集《边走边唱》到《好好爱我》，那时的吟唱，尚处在青春的变声期，爱与忧伤，彷徨与迷离，是散文诗的主调。然而，吟唱的感觉并不寡淡，因为，在灰褐色的云层中，始终有一束温和、柔美的光亮——这是生活的色彩，也是爱的召唤。《心语风影》的出现，似乎意味着一种蜕变，或者是一次非自觉的转身，其实，无须用概念去定论，写作本身就没有概念的框框。《心语风影》走出了一种看似超迈的速度，甚至这种速度，比作者自己想象的还要远些。说是"蜕变"或者"转身"，也未尝不可。对于陈平军本人而言，散文诗犹如他生理语言之外的另一种语言，他为自己设置的标签是单纯的、明了的、清晰的——散文诗诗人。于是，探索的意义就显得十分确定，而掘进的方向也不会出现岔道。早期的变声是一种必然，这是不可否认和舍去的，到《心语风影》，再到

《紫阳书》，也许这一声高腔甩出，你会觉得它是好多年来无数次积淀的爆发。

　　当下的散文诗与诗乃至散文之间，实际上是一本糊涂账，散文诗看似独立，其实又很难独立：它在现代诗之间摇摆，在散文之间扭捏尴尬。写散文诗的人越来越多，文体的概念却越来越模糊。但平军是可贵的，他十几年来心无旁骛，固守着自己的标签。他对散文诗概念的理解缘于自己不懈的实践和探索：在散文诗与诗之间，避免了绝对的诗化；在散文诗和散文之间，尽量避免散文式的铺排。尤其是在调入县档案史志局从事史志编撰工作后的几年时间，平军在散文诗的创作上，实现了数量和质量上的大飞跃：他的很多散文诗皆被一线期刊刊载和转发，由此，他也阔步迈入中国散文诗前沿诗人的行列。

　　平军的散文诗，是真正的散文诗，这是极其难得的。散文诗没有套用的公式，更没有成熟的理论依凭和借鉴。但他有经验，经验其实就是路径。这个路径预示着前方"柳暗花明"，平军坚信这一点。

　　世界上所有的事物都不是孤立的，一切皆有联系，这就是辩证法。平军信奉哲学，他在修史中体味出的不是枯燥，不是故纸堆里呛人的烟尘，而是情感的另一种生发的可能，即艺术的张力可以穿透历史，甚至可以还原历史的暗影，让久违的景象重新燃放一次。于是，他写出了《有关白果村的家族史》以及《家谱记》，一个相对厚重的题材，被他浓缩进了几千字的散文诗中，然而，文体所承载的重量却无损于题材的深邃。两组散文诗完全可以放在一起读，其所揭示的是一个家族的奋斗史、演变史、兴衰史。这里面有人物、故事，有道德的鞭笞、良心的温度、坚贞的求索。"道德"是灵魂的火苗，是文化之根、信仰之源。一个家族之小，其实就是一个民族之大，这就是百川归海的道理。

平军的散文诗，多以纪实为主，由于太实反而限制了情感，虚拟的空间显得狭窄。文学对生活的反映，毕竟是间接的、艺术化的，自然虚实之间要有所收放、有所侧重。同时，平军的散文诗还要在简约上下功夫，要克服散漫、臃赘，注意语言的紧凑感……人要勇于正视自己的不足，胸襟宽则眼界阔，如此，才会发现前方的"柳暗花明"……平军依然在路上！

在第一现场冷峻的观察和思考
——读陈平军散文诗集《紫阳书》

蔡　淼

收到《紫阳书》后，我几乎是一口气读完了全书。以前也经常在《散文诗》等期刊上读到作者陈平军的作品。

整本集子制作精美，用心编排，视觉上非常舒服。陈平军的散文诗关注现实，回望历史，善于在平凡的素材与现场中探索与挖掘。特别是《二重唱》这一大组章中，借古抒今，今古对比无疑是散文诗写作手段的一种创新，也是陈平军个人散文诗风格的一个突破与转变。陈平军根植于紫阳这片热土，左手地方志，右手散文诗，写乡愁也写山水，写人文也写这片土地的理想向度与精神维度，充满了人性的光辉与温度。这在"家谱记"这一辑中得到了充分的体现。深挖精神体系与当下社会思潮做出的思考，再注入散文诗的创作之中，又是一次精神家园的洗礼与回归。

《紫阳书》整体组分为四辑，即："紫阳书""二重唱""望他乡""家谱记"，分别对应四个主题：本土山水、古今对话、外乡行走、记忆现场。这四部分相辅相成，相互介入，都有着闪光的力量。其叙事平稳，娓娓道来，既是对时代的反映，也是对诗人内心的一次抵达和回归。紫阳是诗人的故乡，亦是中国道教的发源地，其辖内山川典故自是不少。陈平军从写散文诗起就一直在不断地抒写紫阳，紫阳是诗人的原乡，不仅是地域上的原乡，更是心理和精神向度的原乡，也是诗人诗学和美学建设的原乡。在《登文笔山》中诗人写道："所以我要慎重下笔，脚踏实地，不至于使笔锋远离尘土、草木，意念飘忽，让字里行间最大可能地呈现烟火味。"可见诗人抒情是有限度的，甚至可以说思考大于抒情。在当下陈词滥调和无节制的抒情泛滥的时代，诗人独立，保持自己的风格，无疑是给当今诗坛以清凉。诗人生活在这片故土，紫阳是其生活工作的第一现场，鲜活的细节和冷峻的观察思考本身就是一首值得颂扬的诗。因其丰沛的血肉而凸显出故乡之大，所谓一切景语皆情语，掩卷之时，仿佛已经置身于紫阳这片神奇的土地。

　　第二辑诗人以"二重唱"命名，因为每首散文诗前面都配有与之相关联的诗文，相互映衬，各有特色。"二重唱"也分为三个部分：一是文人墨客曾到过紫阳的名胜古迹并留下诗文的，作者都用四个字来命名，如：神峰瑞色、凤岭朝阳等，可见其影响力已和词语无疑，足见其时下的影响力。二是借古抒怀，卫武公、曹丕、李白等也被拉入其中。用典型的人文地标和名诗佳句一比高下，需要何等的勇气，再出新意也是很难，然，诗人陈平军很巧妙地处理了这个问题。三是将紫阳县道德模范和先进典型人物也写入诗中。这几位道德模范的授奖词是否出自陈平军之手我不知道，但是有一点可以肯定，陈平军一定和他们很熟悉，注意我这里的熟悉不是说关系好或者以相处时间长短而衡量的熟悉，而是精神世界的光明。只有精神豁达的人才能领悟这种君子之风，正所谓小人眼中无君子，故而也不多做解释。我想说的是诗人关注现实，并不逃离，而是把这先进的力量浇灌于诗中，增添了一份独特的气质。任何人的创作都不能脱离当下这个时代，时代是一个巨大的宝藏，作者只有紧跟时代，不断进行有价值的寻找和"加工"，才能写出不愧于时代、不愧于读者的作品。而陈平军恰恰就做到了。

第三辑为"望他乡"，乡愁的精神乳汁如一曲委婉的紫阳山歌，多少离愁、多少悲欢都尽在"他乡"或"火车上"，本辑中多以隐喻、转喻、拟物等象征手法，将乡愁这一永恒的精神命题形象化、具体化，从而更震撼人心。但在阅读中又不免引人哲思，其节奏感和韵律感都十分舒适，真是慨当以歌呀！

第四辑"家谱记"，是全书的精神高地。本辑散文诗在陈平军创作之时就被《散文诗》和《上海诗人》两刊分别重磅推出。《散文诗》杂志曾以头条诗人的形式推出他一组散文诗并配发评论和创作谈，其在诗坛影响力可见一斑。"家谱记"算是陈平军在地方志和散文诗中找到平衡点，精神力量与理性思辨相互交叉的代表性作品。特别是他在《"义"保平安》中提到了义门陈氏七兄弟和三千族人的事迹，一是兄弟七人抗金，征战沙场，七人毫发无损；二是在频繁的天灾和战乱下，三千族人，互相礼让，共渡难关，全都安然无恙。我是相信"义"在关键时刻是可以发挥作用的，正所谓古者威仪字作义，今仁义字用之。义，正之气也。

通读《紫阳书》，既是了解作者写作的心路历程，也是自我学习与反思的一个过程。陈平军运用大量写实的手法，在日常思考与智慧的较量中，重塑了散文诗的本义属性，从而保留了原生态的特征，让其诗文更值得咀嚼和思考。最后，祝陈平军在散文诗的创作上不断突围，越写越好。

从低洼走向高岗
——陈平军散文诗集《紫阳书》读后

陈益鹏

紫阳书———一部以紫阳为圆点,光芒四射的散文诗集,如一只绿色的矫健的山鹰,飞抵我的肩头,随作者陈平军宛如山道、曲似江流的文笔,一路探寻,从古到今。

汉江的气息、巴山的气息、陕南独有的紫阳的气息,瞬间弥漫在我的周围。

秦兆基先生的前门旗杆上,挑着三个分量很重的词:探索、求变、超越,既是肯定,也是希冀。其中可见陈平军沿过往岁月《边走边唱》《好好爱我》《心语风影》,一台一阶,百尺竿头不懈抒写、倾力铺垫的高度,更有从传统抒情向经验表达华丽转身的成长与惊喜。

这个把紫阳爱了五十年,把散文诗爱了三十年的紫阳汉子,不停地推着自己,一步一步从山里走向山外,从低洼走向高冈。世界,在他的面前,处处盛开如散文诗般的美丽,即便一声叹息,也翩跹着蝴蝶的翅膀。

他手握散文诗笔,不停地抒写。

他的散文诗,从一座山村小学起步,穿过紫阳隧洞,在泗王庙巷进进出出，与大排档的麻辣串、烧烤和地方民俗打成一片；他的散文诗，在瓦房店吊脚楼前驻足张望，在北五省会馆看戏，在悟真观读《悟真篇》，在鸳鸯水边看一只鸟飞过；他的散文诗，在泰山庙寻找育婴堂，在白鹤村徐家老宅烤火，在三塘村开贫困户数据清洗会，在停电的夜晚想起他的两个兄弟……

爱紫阳，其实是爱被打上紫阳烙印的那些山水和人物。

神峰瑞色，凤岭朝阳，汉巴青翠，紫阳仙洞……都被平军用爱抚摸了一遍；卫武公挺立风中的竹子，曹丕晨风中呼啸的军旗，王维淇上傍晚的时光，李白有关别离的一次握手，许穆夫人有关朝歌的思念……墨迹所洇，皆暗香扑鼻，思飞如蝶。

一帧一帧的紫阳山水，一幅一幅的紫阳人物，既是人与物的二重唱，也是他歌与我吟的二重唱；为其伴奏的，是已被平军握得发烫的散文诗。

给历史穿上现实的彩衣，给贤者镀上哲思的深沉。紫阳魂，经平军的妙笔点染，腋生双翅，翩飞天下。

带着紫阳的体温，平军散文诗的脚步，走南闯北。在Z123列车上，在绵阳东津大桥河堤，在新市古镇，在宽窄巷子，散文诗的思绪总是和平军如影相随；酣畅淋漓的藏地酒歌，如梦似幻的月河相遇，武侯祠的"桃之夭夭"，总被诗人散漫的情愫感染，将旅途挥洒成一场场曼妙的诗雨；面对越王楼、宝箴寨……平军的目光，从雕梁画栋的表象，滑向历史的纵深，再跳至人生的断面、哲理的高度。

一路喃喃自语，抑或仰天长啸，丝丝缕缕总关情。

望他乡，望见的，是故乡不曾看到的另一面，或没有半点预兆的大海，或有点血红的阳光；或轻盈，或沉重。

远离故乡的行走，将平军的心胸和眼界，托举到巴山之巅、汉江之外。

无论走多远，也走不出心的牵挂；牵挂最深的，却是血液里割舍不去的亲情。坐在方志旁边的陈平军，从温热的族谱中，嗅出了根脉的一缕香，找到了属于自己的来路和归宿。那些泛着岁月光斑的文字，瞬间激活了平军散文诗的火焰。

穿过陈氏家族合久必分的风雨过往，一条清凌凌的淳朴小河，两岸鸟语花香的仁义家风，被一个个短小精悍的家族故事串连成趣，电影分镜头般，一帧一帧，打动人的心鼓。

因为同属一个"陈"字，我为"舐目复明""击鼓传餐""股肉疗夫""含苞稻草""百婴同哺""刻碑示后"等家族瑰宝所折服，胸中顿生一股豪气。散文诗若隐若现、欲说还休的娇憨，在这一刻深情地拥抱了我。

秦巴山地，无数远古的精彩等待诗人发掘；汉江河畔，过往风帆曾扬起多少故人旧梦。被茶叶和民歌宠爱过的紫阳，如今已被高速路过的春风，吹拂出一片新的水色；被平军歌吟过的白果村底部的石磨，也已轰然作古，或作为民俗的象征，沉淀在岁月的某个角落。而陈平军，就是那个立于江渚、负篓撒网的人。

同为义门陈氏后裔，我听得见平军的心跳和呼唤，看得见他眼中的彩虹和云翳。

用散文诗笔去描出心中的图腾，执着于故乡紫阳或紫阳之外的风景，做一个精神自由、心明眼亮之人，如我所祝，如你所愿。

探索、求变、超越……

岁月无边，追求无涯。无论自语，还是长啸，都是人生的一种姿态。

期待平军的再次发力，呈现更多精彩。

2022年3月2日于西安

被故乡的光芒照亮
——读陈平军散文诗组章《有关紫阳八景的二重唱》

玩　偶

作为散文诗队伍中的一员老将,家乡与行旅题材,在诗人陈平军的笔下占据了极大的比重。长期生活在山水怀抱的陕南小城,文字中总是充满山水的雄奇与柔美,因此造就了诗人朴实、直爽的性格,以及作品中的情怀与底蕴。情感的长期累积,反映在文字中就是对人生充满乐观的向往、对爱的赞美与传递。"这种特性贯穿了他的整个创造历程,使他的诗有一种延续的、有力的精神与思想脉络,可以从他的作品中读出一个清晰的、完整的人的形象。"(蒋登科)

《紫阳书》中这组《有关紫阳八景的二重唱》,结构新颖,每章以紫阳旧时八景为题,八章相互关联,若即若离,辅以简洁含蓄、庄重典雅的文字为记、旧诗为睛。以典入诗,是文人们常用的一种修辞表现手法。借以表达某种愿望或情感,给读者在诗行间留下联想和思索的余地,从而使文字入眼,就能牢牢抓住读者的思绪,不由自主地随着作者埋下的脉络,一探究竟。正文没有沿用别译、直接或间接引用的套路任其发展,而是以古为镜,写下了自己眼中故乡的辽阔与美景。作者娴熟地运用散文诗韵散相间的表达形式，创造了一个又一个雄奇的意境，音韵和谐，结构严谨，婉转缠绵、含蓄蕴藉中不乏激昂慷慨，铿锵有力之句。如："你只在乎自己的腰杆是否依然笔直，能不能以晨曦或者暮色给熙熙攘攘的人群，包括我提供参照。""他在敛鹤鸣、鹤影、云影，他在集猿碲、月圆、星灿，有朝一日，洞内洞外，小溪里的石头，深不可测的潭水，蛐蛐的长吁短叹，都是他的；所有看似与他无关的风月，都是他的丹药，不必服用，即可永生！"平军用内在的逻辑、思辨、敏锐的观察力，持续捕捉内心情感细微的变化，不断地向前推动极富韵律的节奏，语言空灵超逸，抒情与叙事形神兼备。

《神峰瑞色》一章中写道："晨雾，如下山猛虎，追逐我俗不可耐的私心，淹没我被迫生计的脚印，留下的是我洒落一地的叹息。"用典既要师其意，又要能于故中求新，更须能令其如己出而不露痕迹，使文字的意蕴提升，从而达到含蓄与典雅；使表达更加生动形象，诗句更加凝练，言近而旨远，含蓄而婉转，从而提高作品的表现力和感染力。《七宝连云》一章中又写道："勤劳、善良、礼让、朴素、宅心仁厚等，所有与泥土有关的品质，都会有肥沃的土壤。"该组章有古诗中的意境，但更多的是作者自己对故乡山川美景的感触和思索。山水在这里成了诗人寄托人生情怀的物象，承载精神的家园；写景色的文字很容易洋洋洒洒就几千言，但好的文字总离不开作者自己的内在体验和独到的诗意，"反映出外在世界在诗人心灵中折射的光影"，不然就难免落入空泛抒情的窠臼。

作为陈平军的老乡和文友，我对他的这组散文诗有着更深的感触。文中所涉猎的景点，有些抬眼可见，熟悉得渐渐忘了感觉，细读文字，才又重新找回曾经的感动。一家之言，目的是抛砖引玉，"一千个人眼里，有一千个哈姆雷特！"记住多少无妨，静心守住得之不易的闲暇时光，阅读即是收获！

（玩偶，原名唐凯，诗人，供职于陕西省紫阳县电信公司。）

评鉴与感悟

薛 梅

这是一封写给甘南"藏王酒"的情书，是一封来自心灵深处的自白和自我慰藉；像一只不死鸟的精魂，在对生命的尊重与热爱的燃烧里，浪漫而丰腴。酒中有乾坤，壶中日月长。这些文字像甘南遍生的药草，采摘，浸透，发酵而成醇香；成海，成舟，成至真至性的永恒乐章。这里有着岁月打磨的痕迹，有内心的挣扎和救赎，有青春的狂野和成熟的旷达；有绚烂，有传奇；有孤高傲世，有脆弱自卑；有坚忍、宽厚和仁德，有任性、智性和天性。"告诉我，不能抛弃自己的味道"，闪耀着光芒的箴言，在草叶的晶莹里滚动，越来越壮阔，越来越雄奇。"藏王"，一个充满诱惑的名字，一种多么神秘的身份，这和《诗经》里所谓伊人的意象有着同样理想的皈依。因为有爱，他让一个没有开出花朵的荒原开出了春天；因为有爱，他让生活的追慕预约了圆满；因为有爱，他让有限的空间沉醉到无限深广。这封情书，密集的意象群，像甘南的星空，带来了太多的感慨和寻味。

谱系记忆的当下再创造

陈伶俐

中国人自古以来便重视家的根系源流，寻根问祖也一直是中国人重要的文化传统。正所谓"国有史，方有志，家有谱"，家谱是一个家族的历史文化缩影，延续着家族的血脉，更传承着祖上的遗训。用家谱去绵延家风、传递孝悌，在家谱里温故过往、明确未来，无疑是当下浮躁社会和消费文化里的一丝沉静、一种持守和一份温情。

《家谱笔记》便源自陈平军在阅读或编修家谱过程中的点滴感触，字里行间我们不难感受到他作为家族后人对历史的深情追思以及对先祖的诚挚缅怀。陈平军的散文诗向来因温润自然、朴实畅达而动人心弦，带有极强的乡土情怀和家园意识。他擅长探寻日常生活里的幽微诗意，常常在自我的出走与回归之间找寻着精神的皈依之地。这组《家谱笔记》一如既往地延续了他散文诗中的温情和素朴，但又跳脱出其日常的生活琐碎，在呈现历史、讲述故事的过程中表现出更加达观、通透的诗歌风貌。他站在记录人和回顾者的角度，用谨慎谦卑的姿态重现着家族曾经的繁衍生息和人物事迹；娓娓道来的诗句间有温度、见情感、通义理。

理清脉络，在家族的兴衰和沉浮中感怀乡愁、企盼团聚。从《千年龟》到《数字义门陈》，从《醉鸽和酒》到《碎锅析庄》，陈平军用温润的语言和饱满的情绪细数着家族的历史变迁。"太平乡""常乐里"，连名字里都是安稳与太平的盛世家族，不料却因"义门家风"过盛，需教化天下的一纸圣旨而分崩离析。三千九百余人口从此"碎成二百九十一块大小不一、无规则的向往"，从此化为"七十二个州郡、一百四十四个县、二百九十一个庄，深浅不一、长短各异的乡愁"；经历十五世、二百三十年的代代相传，曾经同荣辱、共进退的大家族早已散落四方；而诗人感念的是不曾流变消散的"仁义"家风，慨叹的是"合久必分""分久能否再合"的当下与未来。

重温细节，在人物的故事和情感里思索忠孝、感悟仁义。修史续谱，本是一件枯燥乏味之事，但若将目光聚焦于漫长岁月里一个个或动人心弦或摄人心魄的小故事，去感悟人世间难能可贵的精神和情感，这份乏味便也化为了绵长悠远的诗意。于是，我们看到《舐目复明》里在外为官的儿子为了治疗母亲的眼疾，不顾一切归家伴母，化为"至孝至诚膏，或曰至仁至义液"的药方；看到《股肉疗夫》中妻子甘愿用自己的血肉换来丈夫的健康，只求心灵的永恒相伴；看到《含苞稻草》里大家长一声令下，族人将一年的口粮奉献给了朝廷战场，换来了边境百姓的安宁……这些故事关乎仁义孝悌，关乎相守相依，更关联着家国情怀。陈平军显然是有意将这些精神通过短小精悍的故事一一呈现，进而用它们去传递一个家族最宝贵的精神财富。

把握技艺，用家族的寓言和传说去传递哲思、平添理趣。纵观这组《家谱笔记》，我们不难发现，题目大多为四字词语，类似我们常见的古代寓言故事和神话传说。诗歌的语言也是凝练质朴，自然贴切，读来十分畅快。从内容上看，叙事与议论同在，偶尔穿插情感和哲理，字里行间带给我们的是一种传神的真实和一份微妙的理趣。譬如《百犬同牢》中"一犬不至，百犬不食"的人性彰显，又如《飞杖引泉》里飞杖一拔便汩汩流淌的仁义之水……这些颇具传奇色彩的故事经过诗人细致生动的刻画，加以情感的浇筑和精神的升华，显出了别具一格的浪漫情致。

树高千丈，叶落归根；江水悠悠，源起何处？我们在长逝的岁月里一往无前，一路的印记却越来越少有人去细数捡拾。当陈平军用后人的视角和诗人的情怀去重新审视一个家族的过往历史之时，那些一度被岁月尘封的记忆也变得鲜活生动起来。而诗人最终呈现给我们的，不仅是一章章意蕴深远、风格独具的散文诗，更是一种回顾往昔、映射当下的精神气度。

（原载《散文诗》2019年1月）

（陈伶俐，女，1994年生，湖北神农架人，中国现当代文学专业硕士研究生，主要从事中国当代文学批评与新诗研究。）

《紫阳书》是一部好书

边 村

陈平军先生向我寄赠了他的新著《紫阳书》。这本书装帧精美，我自然喜欢。平军是陕南紫阳县的一名作家，紫阳是一方文化的沃土，在安康的文化板块上，好多文学艺术家都出自紫阳。就文学而言，我所知道的张宣强、李春平、曾德强、犁航、叶松铖等，都是在全省乃至全国叫得响的作家或评论家。我没去过紫阳，但内心对那片神奇的地方充满了敬意。

《紫阳书》是一本散文诗集，陈平军先生嘱我为其写几句评语。说实话，我不会写诗，散文诗也读得很少，因此，让我来谈论散文诗这个话题，就显得有些牵强。但这本书以地名来命名，又颇为有趣，吸引着我去读，竟读出一些名堂出来。

我与陈平军先生之前并不相识，却熟悉他的名字。读了这本书，又看了一些相关简介，方知他一直在写散文诗，而且在坚持在写作中不断探索、求变和创新，逐步形成了自己的风格，凭创作实绩加入了中国作家协会。

《紫阳书》共四个部分，即："紫阳书""二重唱""望他乡"和"家谱记"。"紫阳书"凡三十余篇，侧重于对紫阳山川风物、人文精神及乡情亲情的咏赞。如《登文笔山》《瓦房店吊脚楼》《与贫困决战》《送母亲看病》等，这些篇章虽笔调沉着、内敛，但处处释放着情感热度，也兼具思考，透露出作者对出生地的一腔赤子情怀。"二重唱"则与历史文化名人、文化地理及当代道德典范的精神气质进行互动唱和，近三十篇文字，在历史与现实的交融中点燃诗情，不时闪现出思想的火花。"望他乡"二十篇为行旅之作，展现异域风光和人文风情，文字简约，但落笔成趣。"家谱记"二十篇文字，是作者在撰修家谱过程中的一些感受，追溯家族的流源繁衍，其实也是寻找家族生生不息的精神之根：《碎锅析庄》中，虽铁锅支离破碎，但家族的耕读传统、仁爱、孝义没有破碎，仍存心间，乡愁和团聚仍是家族的向往；《股肉疗夫》中妻子割下股肉更换丈夫病变部位，故事凄凉而美丽，是一阙爱的绝唱，"实际上，只要爱着，血与肉都没有界限"，我赞成作者这样的诠释；《三孝娱母》流淌着家族孝道文化的基因；《含苞稻草》《"义"保平安》展现的则是家族的忠义及家国精神。

《紫阳书》是一部好书。

从整部书来看，陈平军的散文诗旋律优美，气韵畅达，意象明朗，情感内敛而炽热。作者往往在抒写中引发哲思来壮实"筋骨"，从而增强了作品的厚度。

难能可贵的是，《紫阳书》里的大部分篇章都来自生活现场，规避了散文诗写作极易陷入"空抒情"和"自我陶醉"的流弊。作者在广阔的现实生活疆域里采撷一粒粒"珍珠"，使他的散文诗有了抒写之"根"，作品就奔涌着鲜活的气息和饱满的诗意。

（边村，真名郭明瑞，安康市作家协会会员、安康市文艺评论家协会会员，自由撰稿人。）

有话要说

部分样刊

我的坦白（代跋）

当终于校对完这本书稿的清样时，我长长地舒了口气。在新旧世纪交替的门槛，在我走上文学这条路十年之际，这本《好好爱我》合集终于要与许多年来一直关心我的读者朋友见面了。这是我人生中的第二本书。1995年出第一本散文诗集《边走边唱》的时候，我既未请人写序，也没有写后记，因为我是一个不太爱张扬的人。然而，在我出这本书的时候，我的一些朋友却说，你若再那样低调，就有些对不住读者，也对不住自己了。按照常例，后记多是对一些关怀过自己的人一表谢意，或者对自己的创作做点说明。的确，许多年来，我身边的人曾给予我太多关爱，我若再闭口不言，不就成了一个薄情寡义之人吗？

如此，你如果认真地读了我这些内心深处情感浪潮起伏的文字，还有兴趣知道真实的我的话，那就请你在此再停留片刻吧——

我的乡村

我出生于陕南紫阳的深磨乡白果村。那里盛产茶叶、民歌，还有那香喷喷的白果儿（银杏）。虽然它远离城市，真可谓地地道道的世外桃源，置身其间真令人流连忘返，这也是我至今仍蜗居于此的原因所在。

每当茶季，灵巧的茶乡儿女，一边唱着山歌，一边飞快地采摘春茶，片片春茶随歌声飘入背篓，融于山民们喜悦的心田。我每每沉醉于此，心中总是有种说不出的感动。

曾经几次下定决心要走出这封闭的大山，甚至曾流浪到大西北的新疆喀什附近；在西部大都市西安，面对荒凉与繁华，我真的感到一切都那么无所适从与迷惘，我内心一片混乱，写不出一个字。所以，这本书里的篇章都是在生我养我的乡村里写就的；也只有那间小屋，才能让我灵感闪现。因为，就在我现在仍居住的那间小屋里曾住过含辛茹苦抚育我和我真心爱着的——

我的亲人

我的家庭是那种普通得不能再普通的贫困农民家庭，祖宗三代没有出过达官贵人、文人骚客之类，全是面朝黄土背朝天、在土里刨食的农人。正是他们，给予我纯朴如泥土一样的品格及坚韧如大山一般的精神，并不断激励我前进，教我怎样做人、作文。

更重要的是，没有他们，就没有我的今天。在我即将参加中考的那一年，我的父亲因得怪病去世了，是我年迈的爷爷和我柔弱的母亲靠节衣缩食、省吃俭用供我上学。这在刘全军所撰的《边走边唱的日子》一文已有记述。但我的爷爷及母亲都是只讲奉献不求索取的人，在我参加工作以后，他们从来没有对我提过什么要求。我有时因太忙，有时因惰性使然，对他们却是孝敬不够，这是至今仍令我愧疚不已的啊。

接下来我要说说我的妻子刘定琴。她是在我对生活快要丧失信心的时候出现在我面前的。那时候，我正经历一次世事跌宕，她毅然走向了我，给我信心，给我支撑，给我活下去的勇气和力量。

对我，她奉献得太多、牺牲得太多，时间、精力，甚至有时我一懒惰，他就催促我继续写作，自己主动承揽了一切家务事，还一边哄孩子一边为我整理书稿：誊写、修改、提建议……可以说，没有她的爱与支持，断然不会有这本书问世。所以，这本书里有相当一部分篇章是写给她的。我知道这一切还远远不够，我唯有努力拼搏以让她过得更好，只因旅途漫漫，前面的路还很长……

还有我年幼的儿子，那稚嫩的小脸令我心疼。在我到县城上班的日子里，他时时牵挂着爸爸，让我平添几多辛酸几多热泪。作为父亲，不好好生活，怎么对得起自己的儿子呢？

正因为我的生活中有这么多关爱，有这么多至深至纯的情感，才有了我的心灵激荡，有了所谓的——

我的作品

收入这本集子的，是我近几年来所写的散文诗、散文、诗歌等，共五十六篇（首）。它们大多发表于《诗刊》《散文诗》《爱情诗》《教师报》等报刊。有人数次问我：你怎么不写小说呢?我认为文学是精神纯洁剂，是能使人崇高，使人灵魂净化的精神食粮；而散文诗、散文及诗歌等这些文学体裁已经能最大限度地承载我的情感需求、再现我的心路历程。

我写作不为名、不为利，只因为文学能使人崇高，使人懂得如何面对生命中的真、善、美和假、恶、丑。生活中有太多美好的东西，我用一生精力与心血去拥抱、去发掘都不够。所以我努力寻找自我，力争超越自我，将自我融于社会这个大家庭里，去升华、去超拔。

我的朋友

在这篇小文快要结尾的时候，我不得不再啰唆几句，说说我的朋友们。没有他们的关怀，也不可能有我这些年的成绩。

先是我的亦师亦友也是弟兄的张世新先生，十余年来，无论我遇到多大困难，受到多大挫折，他总是始终如一地给予我帮助、支持和理解，而不以世俗及老眼光看人；其次是十几年交情的文友方晓蕾先生，他一直关心我的写作，为我出书奔忙，为改善我的生存环境出主意，其情真挚令我感动，他为本书所写的激情荡漾的序就是最好的写照。还有文友吴少华、刘全军、王义清，等等。

最后，如果读者朋友从开头读到这里，有那么一丝感动的话，请让我真诚地对您说一声谢谢，谢谢您对《好好爱我》的垂青！如果有缘，我会深深地爱着您，也请您好好爱我……

2004年3月20日于紫阳芭蕉中学

我 以 为
——《心语风影》代后记

  翻检旧得发黄的老照片时,总有一种抑制不住的感慨:岁月青黄,在我长长的生命长河中曾激起一朵朵细小的浪花,那是为诗歌而疯狂的日子,为那些分行的文字而痴迷的白天黑夜,为意境、意象、修辞、句式而生活的点点滴滴;那是诗意的栖息地,七里沟,二十五年前我的精神高地!我以为,这就是我的一切。

  无法忘记,在那个物资不是十分宽裕的年代,我在追寻着自己的梦想:组织《百灵》文学社,在国家发放的生活费里挤出钱来自费印刷社刊《百灵》;为学校广播选稿,组织诗歌大赛;参加汉江文学讲习所讲座学习以及诗刊社刊授学院函授学习……这就是我在安康第二师范学校学习生活的全部,也是诗歌生活的全部。阶段性的结局是毕业考试五门补考,最后一次性请人补考过关,得以勉强混得一个安康第二师范学校毕业证。这期间,我的不多的分行的文字从《安康日报·香溪》出发,最后登上《诗刊》,我以为我会以这种状态一直生活下去。

  肩负着一种叫使命的东西,我回到了那个生我养我的叫深磨乡白果村的地方,做起了教书育人的营生。在这个不通公路、不通电，几乎完全与世隔绝的"世外桃源"，无论到哪一个集镇都要走三十公里山路的乡村——我最坚实的灵魂居所，白天面对朴实的山里娃，夜晚就着煤油灯也要读书，写这些分行的文字。我以为，这就是我的诗歌生活的全部。然而梦想总是被现实击碎：环境的困顿、家境的窘迫，使我只能在每个难眠的夜晚对着竹篱笆发呆，以至于令我怀疑诗歌正在离我一步步远去。在一个寂寞的午后，安康第二师范学校的文选老师的离别赠言跃入了我的眼帘，"里尔克说，挺住就是一切"，让我幡然醒悟。我思索，在日常与柴米油盐打交道的过程中，在寻找爱情的道路上，在我的教书生涯中，在编修县志的日子里，在那些平凡得不能再平凡的日常生活中，如何保存心中那仅存的一点诗意，寻找一种最大的可能性，把他展示给我的读者，于是，我结识了散文诗。

　　在我看来，散文诗这种文体，有它的特殊性，即兼顾诗歌与散文的部分特征；核心与本质仍是诗歌，而叙事有了更大的空间与可能。这就要求写作者坚守一个前提，首先必须掌握诗歌的基本写法，注重意境的选取、意象的提炼，修辞上多以隐喻、象征、夸张、排比等形式，结构上采用现代主义，随意识流动，重思维跳跃，避免平铺直叙式的展示等。我知道这些要素，还知道一切写作都要紧跟时代潮流。但是，我习惯了随心所欲，写作过程中，没有刻意去追求文体的纯粹性，诗性不够，散文的特性多了些；自我精神世界的展示多了些，社会深层次的探求少了些，这也许就是我这么多年散文诗写作进步不太大的原因吧。我以为，我等凡夫俗子，每天游走于油、盐、酱、醋、茶，奔波于票子、房子、妻子、儿子之间，有自己赖以生存的饭碗：教书也罢，编志也罢，至少有那饿不死、吃不饱的三千多大洋果腹,因而不用靠文学或者散文诗这个折磨人的神圣的东西维系生活,不必把这个当作毕生追求的目标,也不一定要成为不朽的诗人、散文诗大家;只要能在平凡的生活中始终保持一颗追求诗意的心灵,在纷繁复杂的世相中为散文诗在心中保留那么一点不大也不小的空间,尽可能地追求充满诗意的生活,就足够了。

所幸,二十五年来,我与散文诗一直不离不弃,于是,有了展示家乡这个精神高地的一些篇章。并且在《散文诗》举办的散文诗创作大赛中获得优秀奖,从而有了平凡的教书生活中的一些令我感动而温暖的诗意细节,有了为修志工作而到甘肃、走内蒙古、过山西、上重庆的外出考察,以及对生命、历史、生活的思考与感悟。它们都以散文诗的形式先后登上《星星》《散文诗》《散文诗世界》《中国散文诗刊》等纸质媒体,为我继续追寻平凡生活中的一份诗意生活增添了更大的动力。

我以为,我可以、能坚持、能持续,这就够了。

2016年1月于紫阳县档案局

揭秘：紫阳书（代后记）

　　许多雪花，正在赶赴这个季节约会的路上，一切都还在酝酿之中，就像这些五彩缤纷的词语，都在通过不同的路径，准备抵达我的灵魂原乡，完成最后的集结。

　　毫无疑问，这魔性十足的疆场，一定是我驰骋的国。

　　当我每一次轻轻说出他的名字时，原本就是一种诗意与美好的再现，这是毋庸置疑的。

　　所以，为我的家园命名，最好的词汇就是她自己，一切已经无须多言。

　　我所要做的就是为她添加多个注释，以两个通道来实现它：历史与现实。

　　在淡黄的宣纸光泽里，翻检沙砾中最真实的部分，打磨出或多或少的金属质感；在平淡的日常俗事里，穿越琐碎里最闪光的细节，分拣出或深或浅的本质乐章。

　　许多词语正在探求这些真相的路上变换着各种姿势，和我进行不同层次的对话，或低语，或呢喃，或呵斥，或高亢。

　　作为一个与世事对话的参与者，我所能做的，只有为你们找到一个合适的角落，安放。

　　完成这些神圣的工作耗费了我的2016—2018，三年，相比我的三十年朝圣之旅，不过是细微的十分之一。

我知道，这仅仅是一个起点，终点不会太早出现。

2019年11月于紫阳县档案局

散文诗写作的现实性

　　似乎，在有些读者的眼中，散文诗就是表达个人小心情、小情绪的代名词。其实，这与部分散文诗作家的写作意识有关，小花小草、浅唱低吟的病态；同质化的意象；千篇一律的表达方式：写乡土，老是泥土、露珠、绿叶，缺乏对事物本质属性的观照，没有对乡村演变的社会性反思，等等。这种同味的写作，对于当代散文诗显示出合法性的危机。对这种现象的反拨与"医治"有何良策？我认为，关注现实生活和人的不同时代的存在当属感，应该是必要的路径。

　　一个有使命感的散文诗作家，必定会对自己的写作所产生的问题有所规避，也必定会为产生出某种与时代感不谋而合、与社会现实问题合拍的可能性而有所改变。只有把自己的写作倾向与现实问题的表达尽可能地融合性抒写，才能找到你的独特表达方式，才能创作出有个人独特符号的散文诗精品。

　　那么，如何展现诗意的现实性？我以为要坚持不走寻常路、不重复别人，更不重复自己的写作习惯，在诗意的寻找过程中时刻保持"求变""创新"的眼光，把笔触对准现实和历史真实发生的事情，找到正确的路径，甚至地点、人物、事件、场景、风物等类似新闻报道的基调，深入历史是另一种写实。散文诗写作要想突出重围，可以把写作方向着眼于历史和现实。可以这么说，历史和现实永远是散文诗创作的两翼；只有在经验上实现了由抒情传统向经验表达的转换，在内容上深入历史与现实，才能在同质化的散文诗作品中绽放出专属于自己的那一抹亮色。

近三年来，笔者在散文诗写作中在这方面均有所探索：《散文诗》2019年第1期以重磅栏目推出了我的一组散文诗新作《家谱笔记》，从家谱里挖掘出一系列有关反映家风、家训的小故事，对诚、孝、俭、勤、和的价值观进行诗意的再现，共十章，配有评论和创作谈。作品刊发以后反响不错，算是深入历史的写作较为成功的一次尝试。另有一组反映我们身边的平凡人，获得各级道德模范称号的小人物的散文诗，算是写实的探索，初衷是尽可能展示平凡生活中的真、善、美，为读者展示生活中人性的亮点，为文学作品的教化功能提供有力佐证。

但是，写实不是照相，甚至更考验着写实的功夫：要竭力挖掘现实中的诗意，找到诗意和现实切合的那个爆点。比如写历史，要在充分展现诗意的前提下，体现出作者念社稷、济苍生的悲悯、壮阔情怀，要在不动声色中巧妙地转换成"当代故事"；写场景，要带动词语的琳琅珠玑，信息量大，现实感强。使陈旧的题材透出新意，既有哲理与具象的巧妙融合，又有诗意化与事实的有机结合。这是"写实"不可缺少的前提要件。

最好的经验应该是用事实要件带动、激活所要表达之物的灵动之处，既要有地方性情怀，又要有超越性视野，强化内涵并带有未定的暗指。内容丰富，才能展示出大气的境界，才能走出小我的桎梏，展现现实的强大力量；气韵和意象才能超凡脱俗，给人以耳目一新的震撼力。

　　意境更多的是写意、空灵、幻化等皆虚；而虚的程度，要和事实的匹配度合适。如果事实显示过多，语言诗化成分不够，也会适得其反，写成四不像的怪物。同时，场面和事件不必苛求完整，因为对于写作美学来说，有时候完整反而是残缺；残缺的美丽也是另一种魅力。

　　借纪念延安文艺座谈会发表七十七周年的时机，写下在散文诗创作中的一些点滴感悟，期望散文诗写作者从现实出发，牢牢把握时代的脉搏，创作出更多反映时代精神的新乡土散文诗。

我与这个世界对话的精神狂欢

自1989年12月26日在《安康日报·香溪副刊》发表第一篇散文诗《独坐冬日》到现在，与散文诗结缘、相伴已经近三十年，其间为了生计，有过若即若离，有过痴迷耕耘，但始终没有远离，一些不分行的文字先后走上《诗刊》《星星》《诗选刊》《散文选刊》《散文诗》《中国诗人》《四川文学》《山东文学》《散文诗世界》《中国散文诗刊》等专业期刊的不大也不小的版面；入选过《中国当代诗库2008卷》《中国散文诗人》《中国散文诗》《中国散文诗年选》《中国年度散文诗》等厚薄不一的选本；获得过不大不小的各种奖项。也曾使我参加过被誉为中国散文诗"黄埔军校"的选拔严苛的"第十五届全国散文诗笔会"（这个笔会以散文诗作品质量为选拔标准，评委匿名评审，每年每三个省选拔两人，全国每年不超过二十五人，每人一生只能参加一次，在诗歌界与青春诗会齐名）；先后公开出版散文诗集《边走边唱》《好好爱我》《心语风影》；2007年成为陕西省作家协会会员。所说这些，不是显摆，实则告诉大家，我一直在途中，一直在坚守，还未抵达，也不可能抵达，因为散文诗艺术的道路没有终点。

在我看来，散文诗这种文体，兼顾诗歌与散文的部分特征；核心与本质仍是诗歌，而叙事有了更大的空间与可能。这就要求写作者坚守一个前提，首先必须掌握诗歌的基本写法，注重意境的选取、意象的提炼，修辞上多以隐喻、象征、夸张、排比等形式，结构上采用现代主义，随意识流动，重思维跳跃，避免平铺直叙式的展示等。我知道这些要素，还知道一切写作都要紧跟时代潮流。但是，我习惯了随心所欲，在写作过程中，没有刻意去追求文体的纯粹性，诗性不够，散文的特性多了些，自我精神世界的展示多了些，社会深层次的探求少了些，无论啥样成色的文字，都具有年龄、时代的烙印，都是一个纯粹的作家面对这个斑驳的世间的对话。对心灵世界的深入交流，对精神范畴的无私探求，是一个人的心灵舞蹈，是在普通世相中的深入浅出的内心隐秘的再现。在散文诗领域要杜绝空洞的抒情，把叙事小散文当作散文诗来认识，更要摒弃把哲理警句当成散文诗文本的浅陋。散文诗不是不可以抒情，不是不可以哲理，在散文诗文本里诗意永远是第一位的。

再说说这本小册子吧，收入《心语风影》的作品写作时段跨越2005年至2015年十年，2016年3月由线装书局出版，首印一千册于5月到我手中，在不到二十天的时间里，就已售罄。购买者遍布全国近三十个省（区），不得已于6月又紧急加印一千册，现在也只剩下不到一百册。《心语风影》出版后，有来自全国的十多位作家、评论家撰写有评论文章十余篇，先后发表在全国各地的报刊上，其中有一位作家在十天内写了两篇评介文章；这本散文诗集也入选了中国散文诗研究会组织的全国业内专家评选的"2016中国散文诗排行榜"。这一切都说明大部分的文字已经走进了广大读者的内心，大部分的读者也怀着宽容的心态原谅了部分篇章的偏散文、偏诗歌的倾向，谢谢。更要谢谢安康周末人读书会的广大书友，没有忘记在捐赠两年之后的今天重读这本不算厚重的小册子。谢谢大家牺牲周末休息时间来倾听我与这个世界对话的精神狂欢。

2018 年 5 月 19 日于安康人周末读书会

创作手记

家谱，精神图谱

每一次小心翼翼地翻看泛着岁月黄色光斑的文字，心中的柔软，由衷的敬佩，不由自主地泛起层层光圈。

一切，都是那么富有传奇色彩。

唐宋时期江州义门陈氏家族，创造了三千九百余口、历十五代、三百三十余年聚族而居、同炊共食、和谐共处不分家的世界家族史奇观。这是中国古代社会中人口最多、文化最盛、合居最长、团结最紧的和谐大家族，堪称古代社会的家族典范。

眼神并不迷离，追寻移民大潮的脚步，不仅仅是追根溯源，找寻先祖们前行的脚步，更主要的是被过往的有关家风、家训的那些逝去的故事情节所吸引。

透过这些鲜活的细节，伴随祖先大江南北坚定的步伐，看他们匆匆的背影和忠义之范，与家族和谐之盛、文明之优、教育之先、风气之美、义传之广的精神之光芒，相互辉映。

传播，升华，继承，弘扬。

又衍生成为今天的诚、孝、俭、勤、和。

所以，一个家族的精神气节，又何尝不是一个民族的精神图腾？

我只是如实记录、诗意再现，怀着崇敬之心。

仅此而已。

全国散文诗人百家访谈

提问者：李俊功

回答者：陈平军

诗人简介：陈平军，男，70后，1989年开始散文诗写作，在《诗刊》《星星》《诗选刊》《散文选刊》《散文诗》等报刊发表散文诗作品近百万字。出版散文诗集《边走边唱》《好好爱我》《心语风影》《紫阳书》，其中《心语风影》入选2016中国散文诗排行榜。作品入选《中国当代诗库2008卷》《中国散文诗人》《中国散文诗》《中国散文诗年选》《中国年度散文诗》等50多个选本。获省级以上征文奖十余次，参加第十五届全国散文诗笔会。中国作家协会会员。

访谈录：

李俊功：您何时开始热爱散文诗并创作的？

陈平军：准确地说，我的散文诗创作起步于学生时代。1989年，在安康第二师范学校校园对于文学的狂热，使我忘记了白天黑夜，对文学的痴迷近乎疯狂，最初写诗，处女作是诗歌。1989年12月26日《安康日报·香溪副刊》发表的《独坐冬日》，是我的散文诗处女作。1995年由群众文艺出版社出版了第一本散文诗集《边走边唱》；2004年由当代中国出版社出版了散文诗集《好好爱我》；2016年由线装书局出版了散文诗集《心语风影》；2019年由太白文艺出版社出版了散文诗集《紫阳书》。其间在全国各大期刊发表散文诗作品近百万字。2015年参加了"全国第十五届散文诗笔会"。可以说，真正深入散文诗创作应该是21世纪，或者说最近十年。

李俊功：您对中国散文诗创作的现状有何看法？

陈平军：对于当代散文诗创作现状，我的总体看法是百花齐放、百花争艳的局面正在逐步形成，大部分的散文诗作品都有自己独特的风格，但是整体质量的提升，尚需散文诗作者们付出巨大的努力和探索。主要问题表现在作品的同质化比较严重，互相复制的现象比较突出，有的复制他人，有的复制自己，缺乏能让人一眼就记住的作品。追根究源，还是因为传播方式的雷同。纸质媒体，主要是散文诗刊物所发表的作品程式化，缺乏探索创新意识，刊载的作品千人一面，散文诗写作者为了追求发表不得不随波逐流。这个局面不改观，中国的散文诗发展不可能有突飞猛进的进步。

李俊功：您认为古今中外哪些散文诗作家或者作品值得推崇？

陈平军：就国外散文诗作品，我比较推崇泰戈尔的散文诗，其文字空灵、飘逸，有禅思哲理伴随其间。中国近现代当属鲁迅的《野草》，其艺术水准至今依然是我们追逐的巅峰。在我们同时代的散文诗作者里，以"我们"散文诗群的一些代表性诗人是我比较喜欢的，比如周庆荣、亚楠、爱斐儿、语伞的散文诗作品。

李俊功：您经常读的书有哪些？它们对您有何指导意义？

陈平军：由于职业的关系，我比较爱读的书是地方志、族谱、历史类的书籍，每当沉浸其中，那些细节性的能反映历史脉络的文字，总能打动我的内心。也许有人认为，历史文献很枯燥无味。的确，我不否认，但是只要你深入进去，就会有闪光点的照耀。当然，散文诗杂志上的作品也是我必须经常阅读的。我时常不自觉地把散文诗写作和方志编修当作在文字中转换视角的彼此。因为，地方志工作要客观真实，比较理性；散文诗写作则比较感性，它们可以互为调剂。

李俊功：如何加强散文诗理论建设？

陈平军：我所了解的部分有前瞻性的理论家在这方面做了比较深入的研究。我认为要有一个比较权威的机构，比如由中国作协组织有影响的散文诗理论家编写一本比较系统的教材，供大学选修。所以散文诗理论的普及已经刻不容缓。

李俊功：您认为当前散文诗创作从思想、内容、技巧等方面需要警惕哪些倾向？

陈平军：当前散文诗作品同质化严重的主要根源我已经做过分析。作为散文诗写作者首先要从思想上摒弃那种散文诗只能表现小花小草的狭隘意识，树立散文诗也可以洪钟大吕，也可以深入时代，也可以融入血液的思想，在内容上多深入历史，多探究现实，在技巧上把握好虚和实的结合点。

李俊功：缺少诗性和现代性，是散文诗精品缺失的主源，您认同这样的观点吗？

陈平军：诗性的缺乏，偏散文属性，写作手法、铺排方式简单，是散文诗作品质量不高的通病，这是无可厚非的。但是，有些写诗歌的诗人将分行诗歌换一种形式，当作散文诗来发表也是常有的现象，同样要杜绝，特别是散文诗编辑要甄别清楚。每一个散文诗写作者只有力求在这方面多做一些改变和探索，才能有更多精品散文诗力作出现的可能。

李俊功：请您重新给散文诗下一个定义？

陈平军：说句废话，散文诗，不是散文，不是分行诗，它是诗的另一种表现形式，本质为诗，兼具散文部分的外在特征。

李俊功：请您谈谈您的散文诗创作观。

陈平军：一切以诗性为前提的坚守，追求更加自由的表达，找到让灵魂颤抖的光亮，是独特生命个体对心灵、精神世界的深度交流和无私探求，是斑驳世相中深入浅出的内心隐秘的再现。

李俊功：请选取一章您的散文诗，供大家欣赏。

陈平军：近年来的散文诗写作主要有意识地在历史和现实中穿梭，在这里我想各选取一章散文诗来说明我在这方面的探索。

数字义门陈

一个家族，同居三百三十二年，人丁三千九百余口，田庄三百余处。

百犬同牢，百婴待哺，异席同餐，击鼓传餐，构筑井然有序的社会理想。

醉鸽和酒，三藏阁，飞杖引泉，雁南千秋，难掩千秋书香的诗意家园。

旌表与关注同在，宋仁宗，文彦博、包拯、范师道、吕诲的诗句里饱含社稷隐忧，一曰朝野太盛，二曰将仁义之风奉为封建家庭的样板分迁各地，教化天下。

公元1063年的阳春三月，义门古镇的大石板街至义门的古官道上车杖滚滚、轿马沉沉，牵老携幼、肩挑背驮，沉重的脚步，与自己一石一瓦建起的家园渐行渐远，与生活了一辈又一辈人的土地，养育了一代又一代人的故乡作别，从此，故乡已成他乡，未知的他乡将成为故乡。

队伍绵延数十里，持续几个月……一直持续至今。

怀揣的碎锅的铁片，义门家风的温度始终不肯散去。

脚步丈量着有关七十二个州郡、一百四十四个县、二百九十一庄，深浅不一，长短各异的乡愁。

人类历史上最大的家族最悲壮、最恢宏的大分庄、大迁徙的开始，然而有谁知道，事关合久必分的诠释，何时才会结束？

可是我们是不是正走在分久必合的道路上？

（发表于《散文诗》2019年第1期重磅栏目）

李志忠：回望

滴水与涌泉何以相互对照？又将以怎样的比例反哺人间？

我知道，许多欲望已经失去方向，伸出长长的爪子，抓住一切可以抓住或者抓不住的虚无。

最初的苦难，伴随众多的温暖，如雪野中的炭火，完成会集之后，一定会沿原路返回。

社区书记，这个看似一个官的称谓，就成了反哺的代名词。

多少个残疾孤老，都有了家的概念，生活细节、日常用品，都饱含你的关怀。

他们都在你的回望中挺直了腰，紧锁的眉头逐渐舒展。

把敬老院众多老人当作父母去挂怀，不仅为他们挡住风雨，还给他们带去欢声笑语。

为许许多多和你的童年一样将要失去上学机会的孩子，送去希望，用脚步丈量苦难到希望的距离。

用赤诚架起横跨乡村的彩虹。

从"丽姐助学基金"出发，用一个月时间，让绚烂的彩虹直达十二个村一百二十一个贫困生的心田。

回望还会继续，不会有终点。

因为，所有温暖他苦难童年却没有血缘关系的乡亲，都是他的血肉至亲。

（发表于《星星·散文诗》2020年第9期）

现代文阅读训练

霜雪点点

远山沉默。

飘雪的屋檐霜雪点点，这佛的念珠凝着至情的思念，晶莹剔透，在这凛冽的寒夜里闪着莹莹的光芒，跳动着寒冷的火焰。

风吹雪飘，向我扑来的都是五彩缤纷的记忆，都是你如花的笑靥，飞满我的心田。

雪落无声，我不知道该怎样走入你飘落的宁静，或者，在你风情万种的目光中消融。而此时，我看见小鸟孤独地站在树梢上，被我走向你的脚步声惊飞了。它没有家了，你也没有吗？

鸟巢空虚得盛满了温馨的如烟往事，向你轻柔地发问：你愿意做我心巢中的一只小鸟吗？

雪就这么有意无意地下，你我满身都是雪花。在我想你的日子，在你想我的日子，飘雪的屋檐是不是我们的所歌，这点点霜雪是不是最亲密的韵脚？

漫山遍野都是雪的消息，所有情节都被寒冷掩埋。因为你身着红风衣玉立雪野的样子，使我想起春天里明媚的风景。纯粹的风景，这就使我感受不到寒冷的含义，你看，我们多像两只轻盈滑翔的雪鸟。

以往的雪季，总有一首歌在心里肆意地忧郁，虽然只是唱唱而已，却一味地刻在心里；总有一个离去的背影，随着雪花一沉再沉。今冬雪季，点点霜雪飘游心际，暖暖斜阳轻轻地在枝条上抽打着忧郁，所有忧郁的歌子因我们的深爱随雪花消失。紫风铃淡淡地摇响，优雅地告诉了我们：春天临近、种子已经发芽的消息。

【阅读导引】

雪是纯净、洁白的象征，恰似爱情般浪漫而美丽。这首散文诗借漫天飘洒的雪花，抒写了一个浪漫的爱情故事。故事的主人公经历了相识—相恋—相爱的过程。在漫天飞雪里演绎的美丽爱情，令人神往，令人心醉。作者开头巧妙地营造了肃穆空旷的氛围：远山沉默。在这沉默之中，"我"心仪已久的情人从霜雪中向"我"不断地走近，"五彩缤纷的记忆"，"飞满我的心田"，令"我"陶醉、痴迷而思绪万千。随着雪越下越大，"我"和"她"越走越近，"像两只轻盈滑翔的雪鸟"飘飞在茫茫雪天中。所有的思念、忧郁，抑或痛苦、彷徨，都在雪花中"消失"，"我们"播下的爱情的种子，等待来年春天发芽、开花。读到这里，我们不由得赞叹：人生多么美丽，爱情多么美好！这就是这首散文诗带给读者的最大的审美愉悦。

【阅读训练】

1. 文章开头一段在全文中起到什么作用？

2. 试分析第二段中"寒冷的火焰"的含义。

3. "你身着红风衣玉立雪野的样子"这句写得很美，请做简要赏析。

4.如何理解"紫风铃淡淡地摇响,优雅地告诉我们春天临近、种子已经发芽的消息"一句的含义?

(马伯成/设计)

(刊于2007年2月13日《语文报·寒假专号·现代文训练》)

我的文学档案

1983年

小学五年级时，代表紫阳县深磨中心学校参加双河区文教组组织的作文比赛，作文《上学第一天》获三等奖。

1984~1987年

初中期间，为了让语文老师在课堂上把我的作文当作范文来读，爱上了写作文。学习中发现有个化学题解法有多种，而文章里面只列举了一种，就专门给编辑部写了一封信，编辑回信肯定了我的想法，并将其整理出来发在"编读往来"栏目，我的姓名第一次变成了铅字刊登在报纸上。

1988年

在安康第二师范学校上学期间，组织爱好文学的同学成立"百灵文学社"，自筹资金编印《百灵》油印本社刊。

寒假期间，采访、整理家乡的致富带头人朱必新的事迹，撰写了通讯《朱必新致富的三二一》，并发表在《安康日报》上。

1989年

5月23日,《安康日报》刊发诗歌处女作《二月的雨却很透明》。

先后在《晚霞报》发表诗歌《父亲的诗》(笔名原野)、《致李贺》(笔名南垭)。

12月26日,《安康日报》刊发散文诗处女作《独坐冬日》。

在安康第二师范学校继续组织"百灵文学社"开展文学活动,编印《百灵》油印本社刊。

继续在学校广播室担任审稿编辑,负责广播稿的编辑工作。

1990年

《黄河魂》1990年7月号刊发诗歌《有个老红军》(笔名南垭)。

《晚霞报》刊发诗歌《思念》(笔名南垭)。

11月,获得安康市"建平杯"校园诗歌大赛一等奖。

1991年

《小小作家报》刊发诗歌《告别在三月》。

12月,《晚霞报》刊发散文《问夕阳》,获得全国师范生作文大赛一等奖,入选《中国师范生优秀作文选》。

1992年

《诗刊》第8期"未名诗人"栏目刊发组诗《是你使我陶醉》。

获得中华青少年文学基金会、湖南《初中生》《全国中学优秀作文选》等杂志联合举办的第五届（1992年）全国中学生文学夏令营选拔营员比赛佳作奖。

1994年

11月5日，《安康日报》刊发散文《深磨二沟小记》。

12月，《晚霞报》刊发散文《家有寿星》《父老乡亲》。

1995年

6月，散文诗集《边走边唱》由群众文艺出版社出版。

1996年

6月1日，《安康日报》刊发《边走边唱》书讯。

9月28日，《安康日报》刊发王义清的评论《边走边唱的滋味》。

10月30日，《安康日报》刊发散文诗《走在山村》。

1997年

1月10日，《安康日报》刊发散文诗《乡村写怀》。

3月29日，《安康日报》刊发散文《擎起文明的旗帜》。

6月6日，《安康日报》刊发散文《你从山中走来》。

6月28日，《安康日报》刊发散文《深山绽新蕾》。

9月7日，《安康日报》刊发散文《过门》。

11月2日，《安康日报》刊发散文《娶亲记趣》。

1999年

10月1日，《安康日报》刊发吴少华、刘全军采写的人物通讯《边走边唱的日子》。

2000年

9月，散文《家乡的石磨》入选李大斌主编东方出版社出版的《安康散文选》。

12月13日，《安康日报》刊发《散文诗两章》。

2001年

2月7日，《教师报》刊发方晓蕾的评论《关于〈好好爱我〉》。

7月25日，《安康日报》刊发散文《倾听芭蕉》。

8月，散文《过门》入选卢云龙主编、陕西旅游出版社出版的散文集《安康风情》。

2003年

《中国·未来文学家》杂志第5期刊发散文诗《不说再见》。

8月，散文诗组章《山村组歌》获得全国散文诗大赛优秀奖。

12月，散文诗、散文、诗歌合集《好好爱我》由当代中国出版社出版。

2004年

《散文诗·校园文学》（下半月第1、2期合刊）刊发散文诗组章《山村组歌》。

5月20日，《安康日报》刊发散文《那年那月那平凡的日子》。

6月17日，《安康日报》刊发方晓蕾的评论《真情编织的梦》。

12月9日，《安康日报》刊发散文诗《在乡下教书》。

2005年

《散文诗·上半月》第1期刊发散文诗《背对窗帘》（外一章）。

2006年

5月11日，《安康日报》刊发散文诗《芭蕉亭听雨》。

2007年

1月，加入陕西省作家协会。

2月13日，由马伯成设计的散文诗《霜雪点点》练习题，刊发于《语文报·现代文阅读训练》。

8月9日，《安康日报》刊发散文诗《烛夜备课》。

2008年

《汉江文艺》第2期刊发散文诗《在乡下教书》。

散文诗组章《烛夜备课》入选诗刊社编的《中国当代诗库2008卷》。

2009年

1月，获得紫阳县教育局、共青团紫阳县委、紫阳县关工委举办的全县"感动·感恩·感悟"青少年征文大赛一等奖、优秀奖。

3月12日，《安康日报》刊发散文诗《读书的儿子与教书的父亲》。

4月23日，《安康日报》刊发散文《第一次获奖》。

6月4日，《安康日报》刊发散文诗《我的学校》。

7月16日，《安康日报》刊发散文诗《我的母亲》。

《旅途》第9期刊发散文诗《我的教书生活》。

《百科知识·教师文汇》第9期刊发散文诗《我的学校》。

2010年

《散文诗·校园文学》下半月第4期刊发散文诗《细节：我的教书生活》（组章）。

2012年

3月16日，《安康日报》刊发散文诗《寄茶》。

2013年

《散文诗》第4期刊发《过阳关》（外一章）。

《散文诗世界》第6期刊发《与茶对语》（外二章）。

《星星·散文诗》第6期刊发《行走内蒙古》（组章）。

《散文诗世界》第9期刊发《贡格尔草原》（外一章）。

《中国散文诗刊》第3期刊发《紫阳富硒茶》。

《关雎爱情诗》（试刊号）第2期刊发《原来》（外一章）。

7月，《安康文学》刊发《芭蕉亭听雨》（外一章）。

《紫阳科技》第2期刊发《行走内蒙》（组章选三）。

12月，田先进主编的《中国有个紫阳县》再版，散文诗《山村写怀》被收录其中并做重点介绍。

散文诗《过阳关》入选《中国散文诗人2013卷》。

2014年

《关雎爱情诗刊》2014春季号，彩版配图刊发散文诗《原来》。

散文《第一次获奖》入选文苑杂志社选编的《踮起脚尖　靠近梦想》。

6月13日,《四川文学·校园版》第5期刊发《花儿朵朵》(组章)。菲律宾《商报·中国作家作品选粹》第79期刊发《紫阳内外》(组章),共八章,配照片和简介。

6月18日,散文诗《紫阳富硒茶》获首届紫阳县文艺创作奖文学类优秀奖。

8月7日,《安康日报·瀛湖·结识一位诗人》专栏刊发散文诗《白果村纪事》(三章),创作谈《我以为》,以及广西散文诗人十月写的评论《寻找与遇见》。

6月,《屈原风诗刊》创刊号刊发散文诗《寄茶》。

《山东文学·下半月》第9期《中国散文诗人作品大展专号》刊发《西北:地名辞》(二章)。

《散文诗世界》第10期"每期一星"刊发散文诗《紫阳内外》(组章),共十章,配照片和简介。

《安康文学·冬季号》刊发《散文诗一束》(六章),配发十月和胡坪的两篇评论。

《中国魂·春季卷》刊发《老家》(六章),配简介和照片。

《中国散文诗刊》(第1、2期合刊)刊发《探访库不齐沙漠》。

《内蒙古走笔》(六章)选入《中国散文诗2013卷》。

《未央文学》网络选刊第238期刊发散文《永远的眷恋》。

《梦见母亲》入选《当代诗歌精品赏析》,配十月的评论和个人简介。

《关雎爱情诗刊·秋季号》刊发《弹·琴》。

《星星·散文诗》第11期刊发《女儿红》（外一章）。

《再一次用忧伤的语气提起你》入选夏寒主编的《中国散文诗2014卷》。

《有关白果村》《白果村的夜晚，端坐在白果村底部的石磨》（二章）入选汪志鑫主编的《中国散文诗人2014卷》。

《女儿红》（外一章）入选杨志学、亚楠主编，新华出版社出版的《中国散文诗年选》。

《茶歌紫阳》（二章）获"紫阳美文"征文评选一等奖。

《陕西地方志》第6期刊发散文诗《我在修志》。

《路过普救寺》（外一章）入选邹岳汉主编、漓江出版社出版的《2014中国年度散文诗》。

《关雎爱情诗刊·冬季号》"桃花诗会·情诗八骏"专栏刊发《一不小心泄露春心的半朵桃花》（八章），配照片和个人简介。

《路过普救寺》（外一章）入选《2014年陕西文学年选·诗歌卷》。

2015年

《中国诗人》第2期刊发《白果村及其他》（一组七章），配发照片和个人简介。

《散文诗》第2期刊发《练习生活》（组章选三）。

4月11日，诗歌《走过石板巷》获得安康日报社、安康作协主办的安康市第二届青年诗会"金凤凰杯"诗歌创作优秀奖，参加在汉阴双河口举办的颁奖仪式和采风活动。

4月16日，获得光明日报出版社出版的《关雎爱情诗》2014年度十大精锐奖，到四川华蓥参加颁奖及采风活动。

《散文选刊·原创版》第6期刊发《与茶对语》。

《中国魂·散文诗专号》刊发《花语》（组章）。

6月28日，《湖州晚报·散文诗月刊》刊发《与沙坡头不期而遇》（外一章）。

6月19日，《作家报·散文诗大展》刊发《漫步陕南》（组章节选三章）。

《关雎爱情诗·夏季号》"情诗星座"专栏刊发散文诗旧作《不说再见》。

7月26日至30日，在甘南参加第十五届全国散文诗笔会。

7月30日，《安康日报·瀛湖》刊发诗歌《硝烟的味道》（外一首）。

8月20日，《陕西日报·秦岭》刊发诗歌《硝烟的味道》。

《河南诗人》第3期刊发散文诗《路过他乡的九重影子》（组章），配照片和简介。

10月22日，《安康日报·瀛湖》刊发散文诗《秋风中的奶奶》。

《格桑花》2015"吉祥甘南"第十五届全国散文诗笔会专号（甘南州文联主办）刊发散文诗《桑科草原》《一九三五年秋的高吉村》。

《散文选刊·下半月》第12期刊发散文诗《路过他乡的九重影子》（组章）。

11月26日，《安康日报·瀛湖》刊发散文诗《有关白果村的姿势》（副刊）。

《散文诗·上半月》第12期刊发散文诗组章《细节或者瞬间》。

《散文诗世界》第12期刊发散文诗《练习爱》（五章）。

《散文诗·校园文学》第12期刊发散文诗《仰望甘南》（组章）。

2016年

《风啊》入选王福明、陈惠琼编,花城出版社出版的《2015中国散文诗年选》。

《练习生活》(组章)入选汪志鑫主编、团结出版社出版的《中国散文诗人2015》。

《与沙坡头不期而遇》入选新华出版社出版的《中国年度优秀散文诗2015卷》。

1月26日,《安康日报》,刊发诗评胡坪《情满山川诗满怀》;5月23日,陕西作协网转载。

《安康文学·冬季号》刊发《一个人的旅途》(三章)。

《散文诗·上半月》(3月)刊发《从地域出发回归灵魂家园》。

3月1日,《包头晚报》刊发《一个人的马匹》(外一章)。

《诗选刊》第4期刊发《有关白果村的人物志》(组章节选)。

《关雎爱情诗》冬季号刊发蒋登科诗评《大山的馈赠及其诗意的传承》。

《源·散文诗》创刊号(3月)刊发李俊功诗评《像醇厚的紫阳茶一样真实地存在》,5月13日,陕西作协网转载。

4月22日,《陕西农村报》读书专版刊发《读书精论》简介、签名。

《散文诗世界》第5期刊发蒋登科诗评《大山的馈赠及其诗意的传承》。

3月,散文诗集《心语风影》由线装书局公开出版发行。紫阳政府网、安康新闻网(5月4日),陕西作协网(5月10

日），《散文诗世界》（第5期），《陕西日报》（6月17日）发"陈平军散文诗集《心语风影》出版"书讯。

5月12日，《安康日报·瀛湖》"省作协会员作品大展"刊发散文诗《遇见》（组章选三），配照片、简介。

《星星·散文诗》第5期刊发散文诗《雨夜赏荷》。

《散文选刊》原创版第7期刊发《再一次写写白果村》。

《中国草根》第4期刊发《大排档》、蒋登科的序言。

《安康文学·夏季号》刊发《心语风影》出版书讯、李俊功评论。

8月25日，《世界日报》（菲律宾）文艺副刊刊发《花间词》（四章）。

《源·散文诗》第3期刊发《时光表面》（组章）。

9月22日，《安康日报·瀛湖》刊发散文诗《过新市古镇》。

《大沽河》第3期刊发《遇见》（组章）。

10月4日，《世界日报》文艺副刊刊发《流连或沉醉》（组章）。

《江西散文诗》创刊号刊发《大排档》（外二章）。

11月11日，《华商报》刊发《过新市古镇》。

《散文诗世界》第11期刊发散文诗《藏地酒歌》。

《扬子江诗刊》增刊刊发诗歌《胜利的味道》。

《合澜海》文学杂志冬季号（深圳）刊发《遇见》（三篇）。

《2015世界华文散文诗年选》刊发散文诗《与一群背篓擦肩而过》。

《滇中文学》第4期刊发《陈平军的散文诗》一组。

12月29日，《安康日报》刊发《在文字中行走》。

《有关白果村的人物志》入选王剑冰编、长江文艺出版社出版的《2016年散文诗精选》。

《江西散文诗·诗选日历》刊发《路过针线摊》。

《从迎春花旁路过》入选夏寒编、白山出版社出版的《2016中国散文诗精品阅读》。

《星星》2016年第12期"散文诗短章大展专号"刊发散文诗《方位》。

2017年

1月6日，《安康日报·秦巴文旅》创刊号刊发《古碑为证 找到安康茶马古道失落的一环》。

1月18日，《安康日报·秦巴文旅》刊发《紫阳再现清光绪年间贡茶信票》。

2月8日，《安康日报·秦巴文旅》刊发《来紫阳吃传统大席三转弯吧》。

《散文诗·上半月》第3期封二"诗集精选"刊发散文诗《白果，白果》。

3月29日，《中国散文诗》第1期刊发《达里湖边》（外一章），散文诗集《心语风影》入选中国散文诗排行榜。

4月13日，《安康日报·瀛湖》头条刊发《云雾中的村庄》。

4月17日，《华商报》刊发散文诗《紫阳民歌》。

4月22日，《今日兴义》刊发《这般现实》（三章）。

《散文诗世界》第5期刊发《有关白果村的家族史》。

5月18日，《安康日报》刊发《馋人的紫阳蒸盆子》。

5月25日，《伊犁晚报》天马散文诗专页第5期刊发《流连或者沉醉》（外一章）。

7月6日，《安康日报》刊发《与贫困决战》（三章）。

《汉江文艺》第4期刊发《与贫困决战》（五章），获"安康市精准扶贫征文"二等奖。

《在月河，与你相遇》（组诗）获"第五届全国月河·月老杯全国爱情诗大赛"优秀奖。

《淇水，诗句中的背影》（组章）获"第三届中国诗河鹤壁全国诗歌大赛"优秀奖。

《大观·诗歌》第4期刊发《淇水，诗句中的背影》（组章）。

8月27日，《姑苏晚报》刊发书评秦兆基《别样的视界和表达》。

《旅游散文》第8期刊发《走甘南》（五章）。

《中国诗人》第6期刊发《淇水，诗句中的背影》（三章）。

《散文选刊·下半月》第11期刊发《诗意弥漫的他乡》（组章）。

《散文诗世界》第11期刊发《淇水，诗句中的背影》（五章）。

《酒歌》（组诗）获国际诗酒大会诗歌征文优秀奖。

《沉浮或漂移的暗香》（组章）获普安红全球茶诗征集佳作奖。

2018年

《有关白果村的家族史》（十章）入选王剑冰编）、漓江出版社出版的《中国年度散文诗2017》。

1月24日，《安康日报·秦巴文旅》刊发《一个民国紫阳知事的诗意之旅》。

《散文诗·上半月》第2期刊发散文诗《在场》（三章）。

《许穆夫人：有关朝歌的思念》入选杨志学、亚楠编，新华出版社出版的《中国年度优秀散文诗2017》。

《中国汉诗》第1期刊发《紫阳书》（组章）。

4月26日，《华星诗谈》刊发《有关紫阳八景的二重唱》，一个整版，包括玩偶的一篇短评。

《车过紫阳隧道》入选《中国诗人生日大典》（2018卷）。

《散文诗世界》第7期刊发《有关紫阳八景的二重唱》。

8月3日，《安康日报》文化周末地标专栏用一个整版刊发《陈平军散文诗》（组章）（有关白果村的人物志、紫阳八景的二重唱），配主持人推荐语、照片、简介。

《安康文学》夏季号，配范勍勍评论刊发《戊戌短歌》（组章）。

9月21日，《安康日报·文化周末·瀛湖》中秋诗会刊发《想起那一地的月光》。

9月，《亲爱的，让我们在月光里住下》（二首）获紫阳县文联、文广局主办的中秋诗会三等奖。

《延河诗歌特刊》第5期刊发《车过紫阳隧道》（外二章）。

《中国莲》（外一章）获第二届龙栖地散文诗大奖赛优秀奖。

《九州诗文》第11期刊发散文《在场》（组章）。

11月28日，《宝鸡日报》刊发散文诗《故乡辞》（四章）。

12月7日，《安康日报·文化周末·瀛湖》刊发《一棵漆树的眼泪》。

《火花·下半月》（山西省文联主办）第11期刊发《想起那一地的月光》（手迹）。

《火花·下半月》第12期刊发《入川记》（组章）。

2019年

《散文诗·上半月》第1期重磅栏目刊发《家谱笔记》（十章），配创作谈和陈伶俐评论。

《在场》（五章）入选王剑冰编、长江文艺出版社出版的《2018年中国散文诗精选》。

《在北五省会馆看戏》入选王福明、陈慧琼编，花城出版社出版的《2018中国散文诗年选》。

4月2日，《文化艺术报》刊发方文竹评论《紫阳书：写实的转变与散文诗的可能》。

4月5日，《文化艺术报》刊发散文诗《奶奶与母亲》（二章）。

5月4日《安康日报·文化周末》刊发《散文诗写作的现实性》。

《上海诗人》第3期刊发《家谱里的微光》一组（五章）。

7月19日，《安康日报·文化周末》发散文诗《东走西看》（二章）。

7月24日，《湖州晚报·散文诗月刊》第7期刊发由本人组稿的安康散文诗群，刊发《在焕古，探寻一个传说的转折》（外一章）。

8月，《湿地文学》第二辑刊发散文诗《中国莲》（外一章）。

《诗选刊》第9期刊发散文诗《在宽窄巷子穿行》（外一章）。

9月12日，《安康日报·文化周末·瀛湖》刊发诗歌《写一首月光诗》。

9月，参加紫阳县文联、文广局主办的中秋诗会，获得二等奖。

诗歌《与脱贫队员书》（外一首）入选《星星诗刊》编的

《我与脱贫攻坚同行》一书。

《盐》诗刊第4期刊发《紫阳书》（组章）。

12月中旬，散文诗集《紫阳书》由太白文艺出版社出版发行。

2020年

《星星·散文诗》第4期"最美中国"头条刊发散文诗《紫阳街巷志》（组章）。

《在宽窄巷子穿行》入选新华出版社出版的《2019中国年度散文诗》。

《从迎春花旁走过》（外一章）入选团结出版社出版的《中国散文诗人（2016卷）》。

《伊甸园》诗刊上半年刊刊发《与爱人书》（组章）。

《今古传奇·中华文学》第2期刊发《小人物》（组章）。

《青年文学家》第7期刊发《纤夫号子》。

7月21日，《湛江科技报·南国散文诗》刊发《纤夫号子》。

《星星·散文诗》第9期刊发《素描：凡人画像》（组章）。

《散文诗世界》第12期刊发《入川记》（四章）。

《花语》（组章）入选《2020中国魂·散文诗百家散文诗人诗选》。

12月27日，《广安日报·川东周末》"名家视野"专栏刊发《在现场》（组章）。

《吉林散文诗》第4期刊发《在现场》（组章）。

《安康文化》2020卷，刊发叶松铖一文《安康作家快评》其中一节为《陈平军：行走中，前方柳暗花明》。

《陈磊：果敢的解释》（一章）入选王福明、陈慧琼编选，花城出版社出版的《2020中国散文诗年选》。

7月，散文诗集《紫阳书》由太白文艺出版社再版，进入馆配。

2021年

1月15日，《安康日报·文化周末》读书版刊发秦兆基的评论文章《探索的历程》。

《散文诗世界》第2期刊发《探索·求变·超越》。

《川东文学》第1期刊发《与春茶相遇》（组章）。

《牡丹》第6期诗歌专号刊发《在场》（二章）。

《家谱笔记》（组章节选）入选《中国当代百家散文诗精选》。

《精短小说》第5、6期刊发《再写一首月光诗》。

6月3日，加入中国作协，开始公示；6月11日发布名单。"紫阳文艺"公众号6月15日、紫阳政府网6月16日、紫阳电视台6月23日先后报道。

《散文诗》第7期上半月刊发《初心》（二章）。

《星星·散文诗》第7期刊发《百年航程》（外一章）。

8月20日，《安康日报·文化周末》刊发散文诗《今天，我不发朋友圈》。

10月29日，《安康日报·文化周末》以东十车笔名刊发《文艺评论浮夸，当戒》。

11月19日，《安康日报·文化周末》以东十车笔名刊发《漂亮的姑娘不愁嫁》。

12月3日，《安康日报·文化周末》以东十车笔名刊发《有关协会、会员及其他》。

12月10日，《安康日报·文化周末·瀛湖》刊发《大雪遇大雪》（笔名陈阵）。